“Bir tek kalbin kırılmasını önleyebilirsem, boşuna yaşamış olmayacağım. Bir yaşamdan acıyı alabilirsem ya da bir acıyı hafifletebilirsem, ya da bir ardıç kuşunu yeniden yuvasına koyabilirsem boşuna yaşamış olmayacağım...”

- E. Dickinson

Ihlamur Kokulu Hikâyeler

Kişisel Gelişim: 105

ISBN: 978-605-297-128-4
Yayıncı Sertifika No: 16238

Ihlamur Kokulu Hikâyeler

Hazırlayan: Ender Haluk Derince
Görsel Yönetmen: Ulaş Karatağ
Yayın Koordinatörü: Deniz G. Eröztoprak
Editör: Özge Ceren Kalender - Begüm Öztürk
İç Tasarım: Sadık Kanburoğlu

BASKI
MY MATBAACILIK SAN. VE TİC. LTD. ŞTİ.
Maltepe Mah. Yılanlı Ayazma Sk. No: 8/F Zeytinburnu / istanbul
Tel: 0212 674 85 28 mymatbaa34@gmail.com Sertifika No: 34191

YAKAMOZ KİTAP / SONSUZ KİTAP
Gürsel Mah. Alaybey Sk. No: 7/1 Kağıthane/İSTANBUL
Tel: 0212 222 72 25 Faks: 0212 222 72 35
www.yakamoz.com.tr / info@yakamoz.com.tr

www.instagram.com/yakamozkitap
www.facebook.com/yakamozkitap
www.twitter.com/yakamozkitap

Ihlamur Kokulu Hikâyeler

İçindekiler

Bir Fincan Ihlamur

"Mutluluğu herkesle paylaşabilirsin ama acıyı paylaştığın insanlar özeldir."

Nefes alıp kendime gelebilmek için yine o bankı seçmiştim. Son zamanlarda, kendime ait olarak gördüğüm deniz kenarındaki o kırmızı boyalı bankta soluklanıyor ve evdeki sıkıntılarımı, okuldaki koşturmacamı burada unutabiliyordum.

Birkaç aydır bütün dertlerim tavan yapmış gibiydi. İçimdeki sıkışıklığı bir türlü atamıyordum. Evde zaten hiçbir şey yolunda değildi. Babam yine alkol bataklığında yüzüyordu. Annem bana ve iki kardeşime yetebilmek için bir oraya bir buraya koşturuyordu. Kardeşlerim olayları tam olarak algılayamadıkları için sürekli bir şeyler talep ediyorlardı. Mila okuldaki spor dersi için eşofmana ihtiyacı olduğunu söylüyor, Andrew ise kasabadaki gitar kursuna katılmak için bizden izin istiyordu. İzin vermek sorun değildi ama bu kursa katılması için ayıracak paramız kesinlikle yoktu. Kıt kanaat geçinmeye çalışıyorduk. Okulda giderek zorlaşan dersler beni bunaltıyor ve bu yoğunluk da odaklanmamı iyice zorlaştırıyordu.

Bir gün okuldan dönerken yolu biraz uzatıp zaman geçirmek için sahilden dolanmayı tercih etmiştim. Kasabamızın sahilinde minik minik evler sırayla dizilmiş gibiydi. Bu evlerin aralarından geçen patika yollardan denize doğru yürünüyordu. O patika yollardan birini geçip denizin kıyısındaki kırmızı banka oturdum. Tek başıma kalmayalı uzun zaman olmuştu.

Daha 18 yaşındayken bu kadar yükün sırtımda olmasını kabullenemiyordum. Bir yandan anneme destek olmak için kasabanın marketinde, haftanın iki günü okul sonrasındaki saatlerde çalışmaya başlamıştım. Evi geçindirme derdimizin yanında bir de babamın borçlarını parça parça da olsa ödemeye uğraşıyorduk. Kardeşlerimi bu zorlu süreçten uzakta tutmaya çalışmak bizi çok yoruyordu. Tüm bunları düşündükçe gözlerim dolmaya başlıyordu. Çiseleyen yağmurun altında, o kırmızı bankta öylece oturmuş yüzümü yağmurun mu gözyaşlarımın mı ıslattığını anlayamadan uzakları izliyordum.

Bir anda yanımda yaşlı bir teyzenin oturduğunu fark ettim. O kadar dalmıştım ki yaklaştığını fark etmemiştim bile... Elindeki fincanı bana doğru uzatıyordu.

"Al kızım, ıhlamur... Sinirlerine de iyi gelir. Benim evim tam şurada. Isınmak istersen gelebilirsin," dedi ve fincanı elime tutuşturup kalktı ve uzaklaştı.

Verdiği ıhlamuru içtim. İçim ısınmıştı. Yüreğimi, gözyaşlarım sayesinde biraz da olsa hafifletebildiğimi düşünüyordum. Hava kararmaya başlayınca yavaşça olduğum yerden kalktım. Teyzenin işaret ettiği eve doğru yürüdüm ve fincanı penceresinin önüne bıraktım. Kapıyı da çalabilirdim ama hem onu rahatsız etmek istemedim hem de ne diyeceğimi bilemedim sanırım…

Eve gittiğimde yine sızıp kalmış bir baba, yorgun ve mutsuz bir anne ve ödevlerini yapan, her şeyden habersiz iki kardeş beni bekliyordu.

Ertesi gün okulda arkadaşlarımın benden gizli fısıldaşmalarına tanık oldum. Sonradan duydum ki, dün ben eve gitmeden önce, babam kasabadaki tanıdıklarımız tarafından bir parkta sızmış halde bulunmuş ve eve getirilmiş.

Bu duruma artık tahammülümün kalmadığını hissediyordum. Çok dolmuştum, patlayacak gibiydim. Okuldan çıkınca tekrar sahile yürüdüm ve kırmızı bankta buldum kendimi.

Yine uzaklara dalmış gözyaşlarımın durması için dualar etmeye başlamıştım. Yarım saat bile olmadan sağ tarafımdan yine aynı teyzenin yaklaştığını gördüm. Elindeki fincanı tanımıştım.

"Merhaba tekrar, dün fincanı pencerenin kenarına bırakıp gitmişsin. Konuşmak, dertleşmek istemiyorsun sanırım kızım ama ben sana yine bir fincan ıhlamur getirmek istedim. Ruhuna iyi gelir…" dedi.

"Merhabalar, ben dün sizi rahatsız etmek istemedim aslında. Saat geç olmuştu... " diye gevelemeye başladım. "Benim adım April, dışarıdan nasıl görünür bilmiyorum ama zor bir dönem geçiriyorum. O yüzden burada böyle tek başımayım..."

"Müsaade edersen oturayım. Benim adım da Catherine. Burada, bankta değil belki ama ben de evimde yapayalnızım. Nasıl hissettiğini anlayabiliyorum. Anlatmak istersen dinleyebilirim güzel kızım, umarım canını sıkmaya değmeyecek şeylerdir..."

"Pek öyle değil aslında. Babamı tanırsınız belki, bütün kasaba onu Sarhoş Ted olarak biliyor."

O sırada Catherine'in gözlerine acıma duygusunun çöktüğünü görebiliyordum.

Bir saate yakın orada öylece dertleştik onunla. Catherine'in iki çocuğu varmış ancak ikisiyle de uzun zamandır görüşmüyormuş. Eşini beş yıl kadar önce bir trafik kazasında kaybedince büyük bir evde tek başına yaşamak yerine bu sahil kenarındaki minik evine taşınmış. Ona gelip giden bir tek torunu varmış o kadar.

Yağmur inceden atıştırmaya başlayınca toparlandık. Catherine'in evine doğru yürüdük ve ona bu güzel sohbeti ve ıhlamuru için teşekkür ettim.

O uzun konuşmamızdan sonra Catherine ile haftada en az bir kez o kırmızı bankta buluşup birer fincan ıhlamur eşliğinde sohbet etmeye başladık. İkimiz için de hayattan, sıkıntılarımızdan soyutlandığımız birkaç saat oluyordu bu görüşmeler.

Kış ayları gelmişti artık. Ben yine de haftada bir gün kırmızı bankı ziyaret ediyordum. Beni pencereden gören Catherine de sarınıp sarmalanıp yanıma geliyordu. Ama o gün gelmedi. Biraz bekledim. Tam gitmek üzereyken Catherine'in evinden çıkıp bana doğru yaklaşan birini fark ettim. Elinde bir fincan tutuyordu.

"Merhaba, ben Jackson. Anneannemi ziyarete gelmiştim, biraz hasta yatıyor. Camdan bu banka bakmamı ve eğer biri varsa ona bir fincan ıhlamur götürmemi söyledi," diye açıkladı kendini. Ben de kendimi tanıtıp geçmiş olsun dileklerimi ilettim onunla.

Bir an önce iyileşmesini umuyordum.

Eve gittiğimde ortalık yangın yeri gibiydi. Kapımızın önünde onlarca insan vardı. Ne olduğunu anlayamadan içeriye daldığımda annemi sakinleştirmeye çalışan komşuları fark ettim. Babam ölmüştü. Bunun haberini bana veren küçük kardeşim Mila olmuştu.

"Abla babam artık uyanmayacakmış biliyor musun?" diyerek koşarak bana sarılmış ve ağlamaya başlamıştı.

Birkaç hafta boyunca kendimize gelemedik. Küçük teyzem bir süreliğine anneme destek olmak üzere yanımıza taşındı. Okulda ara tatil öncesindeki sınav dönemim kapıya dayanmıştı.

Uzun zaman ardından bir fırsatını bulup kırmızı banka gidebilmiştim. Catherine'in evinde bir hareketlilik yok gibiydi. Denize doğru dönüp uzakları izlemeye devam ettim.

Birkaç dakika sonra sırtımda bir el hissettim. Dönüp baktığımda Jackson elinde bir fincanla arkamdaydı.

Fincanı bana doğru uzattı. Gözleri kıpkırmızıydı. Yanıma oturdu, gözlerinden süzülen yaşları fark edince ne yapacağımı bilememiştim. Eline uzandım.

"Anneannem öldü..." diyebildi.

Çok şaşırmıştım. Onu sıkıca sarmalamak istiyordum ve öyle de yaptım.

O günden sonra Jackson'la asla ayrılmadık. Catherine'in hatırası bizi birbirimize bağlamıştı. Yıllar süren ilişkimizin ardından evlendik ve Catherine'in sahildeki minik evine yerleştik. Sonraları öğrendim, Catherine beni Jackson'a öyle güzel anlatmış ki... Bizim beraber olmamızı en baştan beri en gönülden isteyen oymuş meğer. Annem ve kardeşlerimin üzerinden elimizi asla çekmedik. Yıllar geçti, birçok şey yoluna girdi.

Tek bir şey değişmedi. Hâlâ canımız sıkılınca elimize birer fincan ıhlamur alıyor ve o kırmızı banka gidiyoruz. Omzumu Jackson'ın başına koyup uzakları izlemek beni iyileştiriyor.

Kaderimizi Değiştiren Kedi

"Bir kedinin sevgisinden daha büyük bir armağan olabilir mi?"

Charles Dickens

Çocukluğumdan beri hayvanları, özellikle de kedileri çok severim. Sokaktaki kediler ve köpekler için düzenli olarak mama alıp onları elimden geldiğince tok tutmaya çalışırım. Bu benim için adeta bir hobi haline gelmişti. Sokakta beni seven bir sürü kedi ve köpek vardı. Yeryüzünde, hayvanların sevgisini hissetmek kadar güzel çok az duygu var.

Geçen yıl, soğuk bir kış günüydü ve ben hasta olduğum için o gün izinliydim. Hasta olmama rağmen dışarıda aç ve üşümüş canları düşünmeden edemiyordum. Hem kediler hem de köpekler için mama alıp, evin etrafına ve sokağın birkaç yerine mama koymak için sıkıca giyinip evden çıktım. Mamaları kaplarına ve bulduğum kuru noktalara koyduktan sonra evin yolunu tuttum. Tam anahtarımı çıkarıp kapıyı açacakken sağ tarafımda bir hareketlilik sezdim ve hemen arkasından güçsüz bir miyavlama duydum. Dikkatlice baktığımda, koyduğum mamaya ulaşabilmek için zar zor yürüyen, minik mi minik bir yavru kedi gördüm. Tüyleri kardan ve çamurdan birbirine karışmış ve kahverengi olmuştu. Gözlerinden biri de neredeyse tamamen kapanmıştı. Onu korkutmaktan çekinerek yavaşça yavru kediye yaklaştım. Ama öyle zor durumdaydı ki benden kaçmak yerine, minik bedenini ona uzattığım elime bırakıverdi.

Yavruyu biraz olsun ısınsın diye atkıma sarıp en yakın veterinerin yolunu tuttum. Veterinere kadar soğukkanlı kalmayı başarsam da veteriner hekim ne olduğunu sorduğunda gözyaşlarımı tutamayıp, "Bilmiyorum. Onu sokakta buldum. Çok hasta," dedim ve titreyen ellerimle minik yavruyu uzattım.

Yavrunun gerekli kontrolleri ve temizliği yapıldıktan sonra veteriner hekim beni yanına çağırdı. Yavrunun durumunun iyi olduğunu ama ona mutlaka bir yuva bulunması gerektiğini söyledi. Onu evime alabileceğimi söylediğimde ise veteriner hekim Bay Nick'in yüzündeki gülümsemeyi bugün bile hatırlıyorum. Yavruyu görüp göremeyeceğimi sorup hemen yanına gittim. Sokakta perişan halde bulduğum ufaklık, bembeyaz ve yumuşacık tüyleriyle karşımda duruyordu. Bembeyaz ve bir kar tanesi gibi narin olduğu için adının Snow olmasına karar verdim. Bay Nick, ilk birkaç ay sık sık kontrole gelmem gerektiğini ve dikkat etmem gereken noktaları bana söyledikten sonra eve döndüm.

Snow, sanki uzun zamandır benimle yaşıyormuş gibi evde hiç zorluk çekmedi. Güzelce karnını doyurduktan sonra koltuklara tırmanamayacak kadar halsiz olduğu için bulduğu ilk yumuşak yerde uyuyakaldı.

Günler geçti ve biz birbirimize iyice alıştık. Hafta sonu fırsatını bulduğum ilk an, Snow'u alıp veterinere gittim. Bay Nick, Snow'u ve beni görünce çok mutlu oldu ve harika bir gülümsemeyle, "Hoş geldiniz Bayan Bella," dedi. Snow'u bulduğum gün o kadar telaşlıydım ki Bay Nick'in ne kadar yakışıklı bir adam olduğunu fark edememiştim. Snow'un durumu hakkında uzun uzun konuşup en kısa sürede tekrar bir araya gelme konusunda anlaşarak ayrıldık. İtiraf etmeliyim ki ondan çok etkilenmiştim.

Snow ile veteriner ziyaretlerimiz bir süre daha devam etti ve artık son kontrole gittiğimizde Nick, benimle dışarıda da görüşmek istediğini söyledi! Birbirimize telefon numaralarımızı verdikten birkaç gün sonra, beni güzel bir restorana yemeğe götürdü. O hafta neredeyse her gün görüştük ve sonunda birbirimizden hoşlandığımızı itiraf ettik. Artık sık sık evime, Snow'u ziyarete geliyor, bazen de beni kendi yaptığı yemekleri tatmam için evine davet ediyordu. Her günün bir öncekinden daha güzel ve romantik geçtiği beş yılın ardından Nick bana evlenme teklifi etti. Hem de Snow'u bulup Nick'e götürdüğüm günde. Snow, bana geldiği gün yalnızca evime değil, tüm hayatıma sevgiyi getirmişti.

Hızla düğün hazırlıklarına başladık. Her şeyin istediğimiz gibi olması için gece gündüz demeden uğraşıyorduk.

Düğünümüzün teması tabii ki de kediydi. Çünkü bir kedi, Snow sayesinde tanışmıştık. Düğünde misafirlerimize nikâh şekeri ve hediye yerine hayvan barınaklarına, onların adlarına mama bağışı yaptığımıza dair minik kartlar dağıtmaya karar verdik. Bu sayede başkalarına da yardıma muhtaç hayvanlara yardımcı olma fikrini aşılayabilirdik.

Tüm hazırlıklar hızla devam ediyor olmasına rağmen düğünün ne zaman olacağına bir türlü karar verememiştik. Bu yüzden bu kararı, yıllar önce kapıma gelip beni seçerek tüm hayatımı değiştiren Snow'a bırakmaya karar verdik. Düğünü yapmayı düşündüğümüz iki ay olan eylül ve ekim ayları içindeki uygun günlerin hepsini ayrı ayrı kâğıtlara yazıp, top haline getirerek salonun ortasına attık. Snow ilk olarak hangi topun yanına giderse düğünü o gün yapacaktık. Kâğıtları hazırladık ve büyük bir heyecanla yere attık. Snow, bunu bir oyun zannedip hemen bir topu yakaladı. Biz de koşarak yanına gidip kâğıdı açtık.

Ve 17 Eylül 2017'de de, harika bir düğünle Nick ile hayatlarımızı birleştirdik. Misafirlerimiz geldiğinde, tanışma hikâyemizi, sonrasını ve düğün gününü seçme yöntemimizi anlatarak sevgili Snow'u kendimizce onurlandırmak istedik.

Düğünden sonra, düğüne katılan pek çok kişi, Nick'in çalıştığı kliniğe gidip hikâyemizden çok etkilendiğini ve bu yüzden sahiplenmeyi bekleyen hayvanlar varsa sahiplenmekten mutluluk duyacağını belirtti. İşte bu tam da beklediğimiz şeydi. Minicik bir canın, kocaman hayatları nasıl değiştirebileceğini herkesin görmesini istiyorduk ve bunu, en azından kendi çevremiz adına başarmıştık.

Üzerinden yıllar geçti ama o karlı gün, dün gibi aklımda. O gün hasta olmama rağmen dışarı çıktığım ve Snow ile karşılaştığım için çok mutluyum. O olmasaydı bir hayvanın karşılıksız ve sonsuz sevgisini bu denli tadamayacak, hayatımın aşkıyla tanışamayacaktım. O gün evimi Snow'a açtığımda, kaderimin baştan sona değişeceğini kim bilebilirdi ki? Teşekkürler, Snow.

Birisi olacaksa; geçmişimi merak ederek değil, geleceğimi hayal ederek gelsin! Korkaklarla yürüdüğüm yolda, tek kalmaktan yoruldum.

George Bernard Shaw

Mavi Kapılı Tuhafiye

"O gün, o evdeki, o kedi,
Bak işte, neler olmuş der gibi,
Getirdi beni gençliğime bıraktı.
Anı bahçelerinde üşümek sıcaktı."

Özdemir Asaf

Dedemin bir tuhafiye dükkânı vardı. Bizim mahallede, dörtyol ağzındaki köşelerden birindeydi. Ufak tefek ama tertemiz ve sevimli bir dükkândı. Dedem oraya gözü gibi bakardı; temizliğini asla ihmal etmez, rafların boş görünmesine tahammülü olmadığı için sıklıkla mal alıp rafları doldururdu. O görüntü öyle hoşuna giderdi ki kahvesini alıp karşısına geçer ve keyifle izlerdi dükkânını. Zaten varı yoğu o dükkândı. "Ekmek kapım," derdi tuhafiyesi için. O zamanlar ne demek istediğini anlamazdım elbette.

Dedemin tek torunuydum. Halalarımın ikisinin de çocuğu olmamış; bu yüzden çok nazlı bir çocuktum, ne istersem yapılırdı. Halalarım bana değişik değişik elbiseler diker, beni adeta bir oyuncak bebek gibi süslemeye bayılırlardı. Önce mefruşatçının yolunu tutar, oradan bana kumaş seçtirip sonra dedemin dükkânından malzemeleri alırdık. Sonra güzel güzel elbiseler dikip giydirirlerdi bana. Ben de yine giyinip süslenip dedemin dükkânına gider, kıyafetimi gösterme bahanesiyle makaralarla oynardım.

Hatırlıyorum da bütün arkadaşlarımla oraya doluşur, harçlık koparana dek dedemin yakasını bir türlü bırakmazdık. Dedem de müşterisi olsa da, işi başından aşkın olsa da bizi kırmaz, harçlığımızı verirdi. Hatta şenlik uzun sürsün diye acele etmez, biz bağırıp çağırdıkça gülerdi. Dedem çocukları çok seven, neşeli ve çocuk ruhlu bir adamdı. Halalarımın, çocukları olmadığı için üzüldüğünü anımsıyorum. Belki de bu yüzdendi çocuklara duyduğu sevgi ve gösterdiği sabır.

Okula giderken de okullar tatile girdiğinde de ben hep dedemin yanındaydım. Dükkânda ona yardım etmek en büyük zevkimdi. Okuldan çıkınca koşa koşa dedemin dükkânına koşar, hemen ödevlerimin başına geçerdim. Biter bitmez dükkânın işlerini yapmaya başlardım. Daha ilkokulu bitirmeden müşterilerle ilgilenebilecek birikimim olmuştu. O zamanlar, "Büyüyünce ne olacaksın?" sorusuna verdiğim cevap hep, "Tuhafiyeci olacağım!" olurdu. Seneler böyle geçti.

Bir kış, hiç unutmuyorum, dedem işlerin iyi gitmediğinden dert yanıyordu. Oldukça keyifsizdi. Hatta o kış tüm esnaf elindeki avucundakini bir araya getirip dedemin borçlarını kapamışlardı.

Dedem gerçekten çok ama çok sevilen bir esnaftı çarşıda; herkes bir konuda akla ihtiyaç duyduğunda dedeme gelirdi. İşte bu zor zamanda da dedemi yalnız bırakmamışlar, onun omzundaki yükü almışlardı. Ama dedem nedense mutsuzdu.

O kış beni bir kenara çekip bir kâğıt tutuşturdu elime. "Bu listede, borçlu olduğum kişilerin ismi yazılı yavrum," dedi. Bir yere not edelim dediğimdeyse, "Ben unuturum, senin aklında bulunsun. Sakın ihmal etme torunum..." demişti. Elbette o günlerde hiçbir anlam verememiştim bu sözlerine.

Aynı senenin yazı dedem kayboldu. Sabah evden çıktı ve hava kararmasına rağmen ortaya çıkmadı. Öyle telaşlandık ki ona bir şey oldu diye... Gözlerimiz kan çanağına döndü ağlamaktan. Gece yarısına doğru iki polis memuru dedemi eve getirdi. Dedem bir çocuk gibi masum gözlerle bize bakıyordu.

"Kimseyi tanımadığını söylüyor ama neyse ki kimliği cebindeydi. Ailesini bulmayı başardık," dedi genç olan polis. O gece dedem hepimize yabancıymışız gibi baktı ve kuş gibi ürkek bir şekilde uykuya daldı. Tekrar kaçıp gitmesin diye sabaha kadar başında nöbet tuttum. Sabah uyandığımızda eski dedem geri gelmişti ama bir şeylerin fena halde ters gittiği ortadaydı.

Dedem bazen her zamanki neşeli adamken herkesi unutur hale gelmişti.

Doktor Alzheimer olduğunu söylediğinde hepimiz yıkıldık. Yani göz göre göre günden güne unutacaktı bizi. Onun hayata tutunması için elimizden geleni yaptık.

Gelin görün ki dedeme dükkânında vakit geçirmekten daha iyi gelen başka bir şey yoktu. Oraya geldiğinde eski günlerindeki gibi şen şakrak oluyor, unutkanlık yaşadığı zamanlardaysa yine dükkânda durmak onu daha çabuk bir şekilde eski haline döndürüyordu.

Bir keresinde bana bazen dükkânın yerini karıştırdığını söyledi. O an aklıma bir fikir geldi.

"Bekle beni, birazdan geliyorum dedeciğim!" deyip ok gibi fırladım. 10 dakika sonra elimde bir kutu mavi boya ve fırçayla geri döndüm. "Kapıyı maviye boyarsak dükkânını uzaktan bile seçebilirsin!" diye boynuna atıldım sevinçle.

O gün neşe içinde dükkânın kapısını boyadık. Öyle eğlendik ki o günü asla unutmayacağım.

Günler böyle geçiyordu; dedem bir iyi bir kötüydü. Gerçekten bir daha dükkânı karıştırmadı ama bazen herkesi unutuyor, kimsesiz biriymişçesine üzgün üzgün oturup tüm gün derin düşüncelere dalıyordu. Bazense uyuduğunu zannedip hemen geri uyanıyor ve bu uykusuzluk hali o yaşlı bedenini iyice yoruyordu.

Onu böyle görmek gerçekten zordu. Ben tuhafiyenin işlerini tümden ele almıştım; her şeyle bizzat ilgileniyordum. Dedemse neredeyse her gün gelip dükkânda vakit geçiriyor, kapıda oturup çayını içerken gelip geçeni izliyor, esnafla sohbet ediyordu. En çok dükkândayken eski haline dönüyordu dedem. Dükkânı onun her şeyiydi.

Ertesi yıl dedem vefat etti. Artık hiçbir şeyi hatırlayamaz haldeydi ve geceleri biz uyurken evden kaçıyordu. Böyle gecelerden birinde dışarıdaki ayazdan ötürü hastalanmış ve yaşlı bedeni bu hastalığı kaldıramamıştı.

Dünya başımıza yıkıldı sanki. Hele ben... Dedem benim her şeyimdi. Ne yapacağımı bilemez haldeydim. Cenaze işlerini hallettikten sonra dedemin zamanında vekâlet vermiş olduğu bir avukat yanıma geldi. Dedemin tuhafiye dükkânını bana bıraktığını söyledi. Resmi işlemleri başlattığını da ekledi ve sonra bana ait olduğunu söylediği bir mektup verdi. Şaşkındım. Dedemden bana bir mektup vardı. Mektupta şöyle diyordu:

Benim canım torunum,

Senin bendeki yerinin ne kadar özel olduğunu bilmeyen yoktur ama ben son kez benim kalemimden oku istedim ciğerparem.

Daha küçücük bir kızdın emektar dükkânımla bana yoldaşlık etmeye başladığında. Üzerinden seneler geçti ve senin de bu dükkânda çok büyük emeğin, sevgin ve şefkatinin olduğunu gönül rahatlığıyla söyleyebilirim.

İşte bu yüzden, güzel torunum, bu yaşlı ve yorgun dükkân senin. Ben öldükten sonra ona iyi bak. Anılarımız hep yaşasın içinde.

Gün gelir de bu hastalık aklımı iyice ele geçirirse diye bir avukata vekâlet verdim. O gelip seni bulacak.

Seni seviyorum kıymetlim.

Deden.

Gözyaşları içinde okudum dedemin mektubunu. Ve emanetini, yani dükkânını gururla devraldım. Satmayı bir gün bile aklımdan geçirmedim. Dükkânı dedemin düzenlediği haliyle bıraktım, hatta dedemle boyadığımız mavi kapıya da hiç dokunmadım.

İçine, dükkânın en güzel yerine dedemin bir fotoğrafını astım. Üzerinden yıllar geçti ama anılarla yüklü dükkânımız hâlâ çarşının sevilen yerlerinden biri. Müşteriden çok dost edindim senelerdir ve emektar dükkânın hikâyesini merak edenlere bir kahve ısmarlayıp dedemden bahsetmek benim için çok keyif aldığım bir alışkanlık haline geldi.

Tanıdığım en güzel insanlar, yenilgiyi, acıyı, mücadeleyi ve kaybı yaşamış olan ve diplerden çıkış yolunu kendileri bulmuş romantik ve anarşist olan insanlardır.

Bu kişiler yaşama karşı geliştirdikleri kendine has takdir, direniş, duyarlılık ve anlayışla; şefkat, nezaket, bilgelik ve derin sevgiden kaynaklanan bir ilgi ve sorumlulukla doludurlar. Güzel insanlar öylece ortaya çıkmazlar; onlar oluşurlar...

Elisabeth Kubler Ross

Minik Oyuncak Tavşan

"Çocuğunu kaybeden bir anne için her gün ilk gündür; bu ıstırap ihtiyarlamaz."

Victor Hugo

Bir tanecik kızım Elia'yı kucağımdan alıp götürürlerken, yaşadığımız acı olayın şokuyla tir tir titriyordum.

Eşim ve kızımla birlikte annemi ziyarete gitmiştik. Dönüş yolunda yan şeritten önümüze geçmeye çalışan bir motosikletlinin ani hareketi sebebiyle eşim kontrolünü kaybetmiş ve bariyerlere çarparak durabilmişti. Kendime geldiğimde etrafta siren sesleri yankılanıyordu. Yardımın bize yaklaşmakta olduğunu fark ettim, beklemem gerektiğinin de farkındaydım ama o sırada aklımdan sadece arka koltuktaki kızım Elia geçiyordu. Bir şekilde olduğum yerde doğruldum ve ona uzanmaya çalıştım. Ellerinin arasında, yanından hiç ayırmadığı minik oyuncak tavşanı duruyordu.

"Elia! Elia... Anneciğim beni duyuyor musun? Ses ver kızım, bak buradayım..."

Sesi gelmiyordu. Hiçbir ses yoktu o anda aracın içinde. Eşimi uyandırmaya çalıştım ama o da hiçbir tepki vermiyordu. Oturduğum yerden kurtulmaya çalıştım. Olduğum taraftaki kapı zaten açılmıştı. Kendimi dışarı attım ve soluklanarak kendime gelmeyi denedim. Birkaç dakika sonra daha iyiydim ama ne Elia'dan ne de Eric'ten hiç ses yoktu. Arka kapıdan içeriye süzüldüm ve baygın halde yatan Elia'ya uzandım. Asla hareket etmedi. Eline dokundum, hiçbir tepki vermedi. Sarsmaya çalıştım onu ama hayır, hayır... Hiçbir şekilde bir hayat belirtisi bulamadım canım kızımda. Siren sesleri daha da yaklaşıyordu.

Bir tanecik kızım Elia'yı kucağımdan alıp götürürlerken, yaşadığımız acı olayın şokuyla tir tir titriyordum.

Kızımın elinden yere düşen minik oyuncak tavşanı aldım ve ambulansla birlikte kaza yerinden ayrıldık. Hastaneye gittiğimizde artık yapacak hiçbir şeyin olmadığını öğrendiğim o an, yerin ayaklarımın altından kayıp gittiğini hissettim. Eşim Eric ufak bir iç kanama sebebiyle ameliyata alınmıştı. Annem ve babam gelene kadar ameliyathanenin kapısında öylece yerde oturduğumu hatırlıyorum. Eric ameliyattan çıktıktan sonra ilk olarak beni ve Elia'yı sordu. Ona durumu açıklamak hiç de kolay değildi. Eric hastaneden çıkıp eve dönebildikten sonra ikimiz de uzunca bir yas dönemi geçirdik. Ben bir şekilde kaza için onu suçluyor, acımı onunla paylaşamıyordum. Bütün günümü kızımın minik oyuncak tavşanıyla geçirdiğim bile oluyordu. Hayatla bağlantım kopmuş gibiydi.

Eric bu süreci daha iyi atlatabilmek adına terapiye gitmemiz gerektiğini düşündü. Başta uzunca bir süre bunu reddetsem de sonunda ilişkimizi kurtarmak ve ölen kızımızın ruhuna duyduğumuz saygıyı göstermek adına bunu kabul ettim.

Dr. Jane bizim hassas durumumuzu çok ince bir şekilde ele aldı. Bizi dinledi, ağlamalarımıza izin verdi, elimizi tutup bize destek oldu. Elia için artık yapacak bir şeyimizin olmadığını ancak bu durumda bir suçlu olmadığı için de bu ilişkinin kurtarılması gerektiğini bize açıkladı.

Biz zaten birbirimizi seviyorduk. Üniversitenin daha ilk yılında âşık olmuş, 4 koca seneyi beraber geçirerek okul bittiğinde de evlenmiştik. 2 yıl kadar bir sürenin ardından da miniğimiz Elia hayatımıza girmişti. Ve daha 3 yaşını bile doldurmadan ayrılmak zorunda kalmıştık. Bunun acısını sindirmek ikimiz için de çok zordu.

Günler geçtikçe terapiye ayırdığımız gün sayısı azalmaya başladı. Ben okula, öğrencilerime; Eric de şirkete işinin başına geri dönmüştü artık. Hayatımızın eski neşesi yerine gelemiyordu ama artık ilk zamanlardaki gibi birer hayalet olarak da yaşamıyorduk. Ailelerimizin de desteğiyle bu süreci sağlam bir şekilde atlatma yolunda emin adımlarla ilerliyorduk.

Hafta sonu temizlik yaptığım bir gün kızımın odasında minik oyuncak tavşanla karşılaştım ve gözümde canlanan o günün anılarıyla fenalık geçirdim. Eric de evdeydi ve benden bir süre ses gelmeyince Elia'nın odasını kontrol ederek beni yerde öylece bayılmış bir halde buldu.

Gözlerimi hastanede açtığımda acı bir şekilde kızımın oyuncağını yanı başımda buldum.

Minicik elinde yine minicik bir zarf tutuyordu.

Eric yanıma geldi ve başıma bir öpücük kondurdu.

"Lütfen artık ağlama olur mu? Bak kızımız sana en sevdiği oyuncağıyla bir haber gönderdi. Kardeşine iyi bakmamızı istiyor. O yüzden artık lütfen ağlama," dedi.

O sırada duygularım o kadar karışıktı ki… Yeniden bir bebeğe sahip olmanın vereceği mutlulukla Elia'yı kaybetmiş olmanın hüznü birbirine girmişti. Ama Eric haklıydı… O günden sonra oğlum Liam'ın bize Elia'dan bir emanet olduğunu düşünerek hep dimdik ayakta olmaya uğraştım.

Ve işte şimdi, Liam'ın 3. yaş gününde ona ablasından kalan minik oyuncak tavşanı hediye ediyorum. Hiç tanışmadığı ablasının onu ne kadar sevdiğini bilerek büyümesini ve hep ama hep mutlu olmasını diliyorum…

Teşekkürler Anne

"Sevgi, doğanın ikinci güneşidir."

G. Chapman

Prematüre bebeklerin yaşama ihtimalinin aslında ne kadar yüksek olduğunun pek de bilinmediği eski bir zamanda, küçük ve soğuk bir kasabada dünyaya gelmişim. Çelimsiz görüntüm, en ufak sıvıyı bile yutamayışım ve ufak bedenim yüzünden ertesi günü zor göreceğim düşünülüyormuş. Herkes, beni kaderime terk edip ne olacağını görmeyi beklemeye karar vermiş. Bir kişi hariç: anneannem. Anneannem Julia, inançlı, sabırlı ve sevgi dolu bir insandı. Okuma yazması bile olmayan birine göre oldukça bilgili ve donanımlı bir kadındı.

Beni o gece evine almış, minik bir ayakkabı kutusunu bana yatak yapmış ve beni sıcak tutabilmek için elinden ne geliyorsa yapmış. Beslenebilmem için göz damlası tüpüne süt doldurup beni o şekilde büyük bir sabırla beslemiş.

Onun sıcak kanatları altında sadece hayatta kalmadım, aynı zamanda hem fiziksel olarak hem de ruhen beslendim.

Babam, baba olmaya hazır olmadığını düşündüğü için, annem hamile olduğunu öğrendikten kısa bir süre sonra annemi terk etmiş. O yüzden babamı hiç tanımadım. Yıllar boyunca anneannemin de, annem olduğunu zannettim. Biri annemden bahsederken anneannem hakkında konuştuğunu düşünürdüm. Ama anneannem Julia bana sık sık, "Hayır, ben senin annen değilim Angela. Ben anneannenim. Hafta sonları bize uğrayıp yemek yapmamız için malzeme getiren kadın senin annen. Bize geldiğinde onunla konuş. O çok yalnız biri ve günün birinde onunla birlikte yaşamak zorunda kalacaksın," diyerek gerçeği hatırlatırdı.

Benim için ise beni daha bebekken yüzüstü bırakan bu acımasız kadının annem olması mümkün değildi. Bize geldiğinde hemen koltuğun arkasına saklanırdım. Çocuk aklımla, eğer beni görmezse orada olduğumu da bilmez ve beni götürmez, diye düşünüyordum. Anneannemle yaşadığım bu hayatın sonsuza kadar sürmesini dileyip dururdum.

Çok mutlu bir hayatımız vardı ve ailemiz üç kişiden oluşuyordu: anneannem Julia, ben ve anneannemin kedisi Luna. Anneannem güçlü, dürüst, kalbi sevgiyle dolup taşan, yaşlılıktan kırışmış ama pamuk gibi elleri olan, çok güzel bir kadındı. Gözleri tıpkı benimkiler gibi kahverengiydi. Gri saçlarını ensesinde ufak bir topuz yapar, genelde beyaz bir kazak ve kahverengi bir etek giyerdi. Çocukken tek oyun arkadaşım, kedimiz Luna'ydı. Yaşlılıktan gözleri artık iyi görmese ve hızlı hareket edemese de kuyruğuyla oynamama ve onu sevmeme izin verirdi. Evimizde çok eşyamız olmadığı gibi pek oyuncağım da yoktu çünkü anneannemin fazla parası yoktu. Benim için eski kumaşlardan diktiği bir bez bebeğim vardı sadece. Ama başımızı sokacak bir evimiz, anneannemin güzel yemekleri ve en önemlisi anneannem vardı. Ve hepsi, dünyadaki en mutlu insan olmam için yeterliydi.

Akşamüstü birlikte çay içmek, anneannemle yapmayı en sevdiğimiz şeydi. Güneş ışığının masaya vurması için iki kişilik ufak masamızı büyük bir özenle pencerenin önüne çeker, sohbet ederken çaylarımızı yudumlardık. Güneş ışığı hem içimizi ısıtır hem de bize kendimizi iyi hissettirirdi. Luna da günün bu saatlerini çok sever, guruldaya guruldaya ayaklarımızın dibinde uzanırdı.

Evde ısıtıcımız yoktu ve sobayı her zaman yakamıyorduk. Bu yüzden anneannem, evdeki en kalın battaniyeleri alır, beni ev daha fazla soğumadan yatağıma yatırırdı. Sonra mutfağa gidip benim için o meşhur çayından demler ve yatağıma bir fincan çay getirirdi. Tıpkı onun varlığı gibi, o bir fincan çay tüm benliğimi ısıtır ve beni mutlu ederdi.

Ben dokuz yaşındayken, önceden en ufak bir belirti bile olmadan, bir gün anneannem huzur içinde öldü. O gün tüm dünyam yıkıldı ve hayatım, kocaman bir çizgiyle ikiye bölündü: anneannemden önce ve sonra.

Çok güçsüz biri olarak gözlerimi açtığım hayatımda, anneannemin kanatları altında aslında ne kadar güçlü birine dönüştüğümü çok sonra fark ettim. Bana öğrettikleri ve söyledikleri sayesinde, koruyucu meleğimin tüm hayatım boyunca benimle olacağını anladım.

Yıllar geçti. Mekânlar değişti. İnsanlar gelip gitti. Acı verici tüm anılar birer birer yok oldu. Ama anneannemle ilgili tüm o güzel anılarım, ilk günkü gibi taze kaldı.

Şimdi çok farklı ve uzak bir yerde yaşıyorum. Anneannemi düşünmeden geçirdiğim tek bir günüm bile yok. Onun anısını ve öğretilerini, kendi çocuklarımı ve torunlarımı onun beni yetiştirdiği gibi yetiştirerek yaşatıyorum.

Bazen anneannemi özlediğimde ve onunla konuşmam gerektiğini hissettiğimde akşamüzeri olmasını bekliyorum. Yavaşça minik masamı pencerenin önüne taşıyor ve kendime bir fincan çay dolduruyorum. İşte o zamanlarda onun sevgisinin sıcaklığını tekrar hissedebiliyorum. Ve kendi kendime sessizce şu cümleyi fısıldıyorum: "Teşekkürler anne."

İyi Bir Okul

"Önünüzdeki yol ne kadar zorlu gözükürse gözüksün, hayallerinizin peşinde koşmaktan asla korkmayın."

Melaina Rayne

Ailemin durumunun harçları ödeyemeyeceğini bilmeme ve ailemde bunu yapabilmiş başkası olmamasına rağmen üniversiteye gitmek, her zaman en büyük hayalimdi. Annem ortaokul mezunuydu ve ben, 3 kardeş arasında liseden mezun olan tek kişiydim. Diğer iki kardeşimden biri eve nadiren uğruyordu ve diğeri ise evlenip İngiltere'ye taşınmıştı. Ailem, okumayı ne kadar çok istediğimi bildiği için benim çalışmama izin vermiyordu. Evi, badanacı olan babamın yaptığı işlerden kazandığı parayla zar zor geçindirebiliyorduk.

Liseden yüksek bir ortalamayla mezun olup üniversite sınavından da güzel bir puan almış olsam da, bursluluk sınavından yeterli puanı alamadığım için burs kazanamadım. Bursluluk sınavı sonuçlarının açıklandığı gün, hayatımda bir şeylerin, düzeltemeyeceğim kadar bozulduğunu hissedip saatlerce ağladım.

Annem ve babam, yakınlardaki, puanımın çok altında olan ve bu yüzden pek de iyi olmayan üniversiteye gitmem konusunda çok ısrar etti. Şehir dışında ya da özel okulda okuma şansım da olmadığından, önümde pek fazla seçenek yok gibiydi. O okulun benim için yeterli olmadığını bilmeme rağmen ailemi kırmamak için dediklerini yapmayı kabul ettim. Bütün bir yazı, yeni okulumda beni neler beklediğini tahmin etmeye çalışarak geçirdim. İçimde bir yerde, bir şeylerin yanlış olduğunu hissediyor ama kimseye bir şey söyleyemiyordum.

Bu üniversite, okulların açılmasından birkaç hafta öncesinde, öğrencilerin okula alışması için oryantasyon düzenliyordu. Söylenenlere göre bu birkaç haftalık sürecin, okula alıştırmadığı tek bir öğrenci bile yoktu. Yine söylenenlere göre okuldaki herkes arkadaş canlısıydı ve ortam çok güzeldi. Böyle olup olmadığını görmek için okula gittim. Ancak birkaç haftanın bana kattığı tek şey, bu okula ait olmadığım fikriydi. Bir arkadaş bile edinememiş, kendime göre hiçbir eğitim, eğlence ya da spor kulübü bulamamıştım. Tüm bunların arasında ise aklımdan geçen ve beynimde yankılanmayı bırakmayan bir fikir daha vardı.

Birkaç gün boyunca cesaretimi toplamak için çok uğraşmam gerekti. Oryantasyon sürecinin sonlarında artık içimde bas bas bağıran fikri, bir akşam yemek yerken babama sunmaya karar verdim. Ona, yazları sınıflarını boyamaya gittiği özel üniversitede okumak istediğimi söyledim. Babam kendimi bildim bileli bu okulda dönemsel olarak çalışıyordu. O güne kadar o okulda okumayı aklımın ucundan bile geçiremiyordum çünkü hem çok iyi hem de özel bir okul olduğu için oldukça pahalıydı. Ama evet, babama o okula gitmek istediğimi söyledim. Çünkü iyi bir eğitim alabilmek için elde edebileceğim tek şans buydu.

Babam, isteğim karşısında önce çok şaşırdı, sonra başını ellerinin arasına alıp uzun uzun düşündü. Çaresiz hissettiğini görebiliyordum. Tam o an fikrimi geri aldığımı söylemek için ağzımı açmıştım ki annemin bana destek olduğunu duyunca şaşkınlıktan ne diyeceğimi şaşırdım. Babam bir süre daha düşündükten sonra sınav sonuç belgemle birlikte okulun öğrenci işleri bölümüne bir dilekçe yazacağını söyledi.

Sonraki birkaç gün, benim için birkaç yıl gibi geçti. Günler geçiyor ama okuldan olumlu ya da olumsuz bir cevap gelmiyordu. Üstelik günün birinde kabul alsam bile dersleri de kaçırıyordum.

Bir iki gün sonra babam, eve yüzünde kocaman bir gülümsemeyle geldiğinde hemen anladım. Okula kabul edilmiştim! Sevinç içinde önce babama sonra anneme sarıldıktan sonra umutsuzluk içinde koltuğa oturdum. Peki ama üniversite harcını nasıl ödeyecektik?

O sırada babam, neden üzüldüğümü anlamışçasına, iyi haberin bu kadarla sınırlı kalmadığını söyledi. Meğer babam, öğrenci işleri bölümüne giderken koridorda rektör Jonathan ile karşılaşmış. Jonathan ile 15 yıldır okulda çalışan babamın arası meğer oldukça iyiymiş ve babamı aylar sonra görünce benim sınav sonucumu sormuş. Babam da olanı biteni anlatmış ve ek kontenjan ile beni okula alıp alamayacaklarını sormak için öğrenci işleri bölümüne gittiğini anlatmış.

İşte tam o sırada babam, Bay Jonathan'ın hiç bilmediği bir özelliğini öğrenmiş. Meğer Bay Jonathan, kendisinin hiçbir zaman bir çocuğu olmadığı için her sene, zor durumdaki bir iki öğrencinin tüm eğitim masraflarını karşılıyormuş ve aynısını benim için de yapabileceğini söylemiş. Babam buna çok sevinse de böyle bir şeyi kabul edemeyeceğini söyleyince Bay Jonathan farklı bir fikir ortaya atmış. Okul çalışanlarının çocukları, üniversite için harç ödemiyorlarmış ve babam da on beş yıldır dönemsel de olsa bu okula büyük hizmet verdiği için onu da devamlı çalışan olarak kabul edeceğini, hatta bundan sonra okulun temizlik bölümünde ona iş vereceğini ve bu sayede okulda bursum varmış gibi eğitim alabileceğini söylemiş.

Duyduklarım karşısında gözlerimden yaşlar akarken, bir yandan da sevinçten kahkahalar atıyordum. Dünyada hâlâ böyle iyi insanların olduğunu görmek bana büyük bir güç vermişti. Hem istediğim ve hak ettiğim güzel bir okulda okuyacaktım hem de babamın düzenli bir işi olacaktı!

Bir günde hayatımızın ne denli değiştiğine inanamayarak ertesi gün okula gideceğimin heyecanıyla geceyi neredeyse hiç uyumadan geçirdim. Ertesi gün okula gittiğimde ise istediğim her şeyin orada olduğunu gördüm.

Yıllar geçti ve ben o yıllarda Bay Jonathan'ın iyiliğini boşa çıkarmamak için çok çalıştım ve hep yüksek notlar aldım. Ve okulu da dereceyle bitirdim. Mezuniyet töreninden bir gün önce okula gidip Bay Jonathan'ı ziyaret ettim. Benim ve ailem için yaptıkları adına ona defalarca teşekkür ettim.

Mezuniyetimden kısa bir süre sonra, başta o beğenmediğim üniversitede öğretmenlik yapmaya başladım. Neden mi o okul? Çünkü başkalarının da benim gibi bir şansı olsun istedim. Aslında kimsenin beğenmediği ama başka seçenekleri olmadığı için iyiymiş gibi davrandıkları o okulu değiştirmek istedim. Belki bunu başaracağım belki de başaramayacağım, kim bilir... Ama bildiğim tek bir şey var: Çıktığım bu güzel yolda, öğrencilerime, önlerine ne engeller çıkarsa çıksın, eğer sabreder ve çok çalışırlarsa yolun sonunda bir ışık olduğunu göstermek için canla başla çalışacağım.

GİDİYORUM

Çölde bir yolcu gibi yalnızlığım içinde
Kavrulup gidiyorum.
Serseri bir rüzgâr gibi hep ganimet peşinde
Savrulup gidiyorum.
Serçe kadar pervasız, bir günden ötekine
Atlayıp gidiyorum.
Bütün kumaşlarını açtığım gibi yine
Katlayıp gidiyorum.
Bir kış güneşi gibi ben keyfimin esiri
Görünüp gidiyorum.
Ne belli yerim var, ne de sevdiğim biri
Sürünüp gidiyorum.

Cahit Sıtkı Tarancı

Benim Küçük Kızım

"Sevgi bir yerdir... Ve sevginin bu yeriyle ilerler
tüm yerler, huzurun ışığıyla..."

E. E. Cummings

Ablamın gençlik çağları, benim çocukluk yıllarıma denk gelir. Aramızda 7 yaş vardı ve o 18 yaşında genç kızken ben 11 yaşındaydım. O yaşlarımda ablama hayran olur ve onu delicesine kıskanırdım. Fiziğine, giydiği kıyafetlere, arkadaşlarıyla gezip tozmalarına özenerek bakardım. En sevdiğim şeylerden biri ablam evde yokken eşyalarını karıştırıp giysilerini denemekti. Öyle keyif alırdım ki bunu yapmaktan... O da her defasında fark eder ama görmezden gelirdi. Hatta bir defasında severek giydiği bir kazağını denemiş, aynanın karşısında ablamın taklidini yaparken elimdeki meyve suyunu kazağın üzerine dökmüştüm. Kazağı temizlemeye çalışırken iyice berbat etmiş, hemen kurutup aldığım yere koymuştum. Kabahatimi biliyordum; odama geçip ablamın beni azarlamasını bekledim ama bunu yapmadı. Kazağın sözünü bile etmedi. Sonra bir gün köpeğimiz Bino'ya harika bir kıyafet tasarladığını söyleyip beni bahçeye çağırdı. Benim mahvettiğim kazağı alıp Bino için kışlık giysiye dönüştürmüştü. İkimiz de Bino'nun o halini görünce kahkahalara boğulmuştuk. Hiç unutmuyorum o günü...

Sonra yıllar geçti ve ben ablamın yaşına geldim. Ablam o yıllarda evliydi ve bir kızı vardı. Mutlu bir evliliği vardı ve kocası Ryan ona bir prensesmiş gibi davranıyordu. Kızlarıyla birlikte tatlı bir rüyada yaşıyorlar gibiydi. Sonra o rüya bir kâbusa döndü.

Ablam ve Ryan, yeğenim Scarlett'ı da alıp tatile gideceklerdi. Bana çok düşkün olan Scarlett, onlarla gitmemek için ortalığı ayağa kaldırdı. Benimle kalmayı öyle çok istiyordu ki... Sonunda ablam, ısrarlarına dayanamayıp Scarlett'ı benimle bıraktı. Hazırlıklar tamamdı. Bavullarını arabaya yüklediler. Vedalaştık ve onları uğurladık.

O gün ablam ve Ryan kaza geçirdiler. Ryan olay yerinde hayatını kaybetti. Ablam da 1 hafta komada kaldıktan sonra daha fazla dayanamadı. Onu bir camın ardından izlediğimiz bir hafta boyunca hep dua ettim. Scarlett zaten babasız kalmıştı. Şimdi ablam, benim canım ablam da hayata tutunma savaşı veriyordu. Kim galip gelecekti, bilmiyorduk.

Scarlett olan bitenden habersiz babasını soruyor, bizse ne diyeceğimizi bilemiyorduk. Bir gün Scarlett annesini görmek istediğini söyledi. Bahaneler uydurmaya çalıştıysak da onu teskin edemedik ve hastaneye götürdük. Annesinin neden orada yattığını sordu, camın ardından onunla konuştu, annesini öper gibi camı öpüp sevdi. Bu sahneye şahitlik etmek sanırım ömrümdeki en zor şeydi. Sonradan anladık ki bu Scarlett'ın annesine vedasıymış. Onu eve götürdüğümde hastaneden haber geldi. Ablamı da kaybetmiştik. Canım ablam artık sonsuzluğa doğru yol almıştı.

Annesi ve babası öldükten sonra Scarlett'ı yanıma aldım. Onu görmek hem acı veriyor hem de içimi ferahlatıyordu. O mutlu oldukça ablamın da bir yerlerden bizi görüp mutlu olduğunu hissediyordum. Scarlett benim için artık bir evlat olmuştu; ona annesinin yokluğunu hissettirmemek için var gücümle çalışıyordum.

Olayın üzerinden neredeyse 1 sene geçmişti. Ben, Scarlett'ın eşyalarını toplamak için yalnızca bir kez girebilmiştim ablamın evine. Ve o günün akşamı panik atak krizi geçirdim. Değil evin içine girmek sokağından bile geçemiyordum ilk zamanlar. Artık eve girip ablamın özel eşyalarını toplamanın ve iyi bir yerde muhafaza etme zamanının gelmişti.

Evin kapısını ellerim titreyerek açtım. Hâlâ zordu oraya girmek benim için. Acelem yoktu. Yeğenimi anneme bırakmıştım. Ablamla manevi bir kucaklaşma yaşamaya hazırdım.

Evi her zamanki gibi derli topluydu. Aylar boyunca kapalı kalan eşyalar toza gömülmüştü. Şöminenin üzerinde dizili olan fotoğraflara teker teker baktım. Evi sessiz sedasız gezdim. Yatak odasındaki kutusundan özel eşyalarını özenle topladım. Sıra garajdakilere gelmişti. 3 büyük kutu vardı. Onları içeri taşıyıp teker teker bakmaya başladım. Baktıkça özlemim büyüyordu sanki.

Okul yıllarına ait fotoğraflar, anı defterleri, filmler, kasetler... Hatta Bino'ya yaptığı o sevimli kazak bile oradaydı. Sonra benim bir fotoğrafım çıktı karşıma. Hep yan yanaydık; fotoğrafımı saklaması beni çok duygulandırmıştı. Arkasını çevirip baktığımdaysa gözyaşlarıma hâkim olamadım.

Benim küçük kardeşim, benim küçük kızım

Senin çok özel bir kalbin var

Seni hep seveceğim.

O, sevgisi bana hep hissettirmişti. Gerçekten de kardeşi değil de küçük kızıymışım gibi olgunlukla karşılamıştı bunca yıl yaptığım hataları. O benzersiz biriydi.

Şimdi ise benim küçük yeğenim, benim küçük kızım olmuştu. Ablamın yokluğunda bana nefes aldıran tek şey oydu. O gün elimde o fotoğrafla, hayatta olduğum sürece Scarlett'ın yanında olacağıma söz verdim ablama.

O artık benim *kızım*, ablamdan kalan en güzel hatıra.

Ve ne olursa olsun bu hiç değişmeyecek.

Kokulu Mum

"Nerede olursanız olun, elinizdekilerle yapabileceğinizi yapın."

Theodore Roosevelt

Ertesi gün, her sabah uyanınca baktığım pencere ve o pencereden görünen manzara artık değişecekti. Heyecanlıydım bu kötü anılarla dolu o evden çekip gideceğim için. Anılar bu dört duvar arasında evin yeni sakinlerine musallat olmayı mı bekleyecekti yoksa peşimden mi gelecekti bilmiyordum ama denemeye değerdi. Nihayet kurtuluyordum. Dolabın üzerinde kalan son bavula da kişisel eşyalarımı koyacaktım. Bavulu yere indirdiğimde çıkan toz, burnuma hücum edince hapşırmaya başladım. İtiraf etmeliyim, pek titiz biri değilimdir.

Neyse, bavulun tozunu alıp kapağını açtım ve kalan son eşyalarını doldurmaya başladım.

Kol saatleri, mücevherler, günlükler, özel biblolar, onlarca fotoğraf ve son olarak kokulu mum.

Kokulu mumun yeri gönlümde çok özeldi. Kadifeyle kaplı dış yüzeyini okşarken bacakları tutmayan o genç kızı anımsadım yine. Bana ilham veren o genç kızı.

Küçük yaşta evlenmiş ve sözde aşkın büyüsüne kapılıp ailemi, tüm eşi dostu ardımda bırakarak başka bir ülkede yaşamaya başlamıştım. Eşimin isteğiydi bu; ben de büyük bir heyecanla kabul etmiştim. 7 senedir, adeta uyuşturulmuşçasına sürdürdüğüm evliliğim boyunca da yurtdışında yaşamıştım.

Zevklerime, isteklerime, üzüntülerime, sevinçlerime... Kısacası hiçbir duyguma saygı duymayan ve beni her fırsatta küçümseyen bir adamla evliydim. Başta çok canımı yakarken sonraları alışmaya, duyarsızlaşmaya başlamıştım. Kendime olan güvenimi de yitirmiş, kabiliyetlerimi sanki rafa kaldırmıştım. Mesela çok iyi şarkı söylerdim ve resme de oldukça yatkındım. Bu alanlarda eğitim almak en büyük hayallerimdendi. Ancak kocam tam bir beceriksiz olduğumu senelerdir her fırsatta söyleyip beynime kazıdığı için sanata olan ilgim de sönüp gitmişti.

Bu evliliği bitirmek, tekrar ailemin yanına dönmek ve hayatıma yeniden başlamak istiyordum ama öğrenilmiş çaresizlikle yerimden bir türlü kımıldayamıyordum. Sürekli kaderi suçluyor ve bu kısır döngüyü kırmak için kılımı bile kıpırdatamıyordum.

Hayatımda yeni bir sayfa açmaya istekliydim Ancak savaşmaktan, değişim için çabalamaktan korkan bir yapım vardı çünkü başarısızlık ihtimali adeta başımı döndürüyor, midemi bulandırıyordu. Buna tahammülüm olmadığı için olduğum yerde sayıyordum uzun süredir. Aslında saklandığım delikten çıkmak ve silkinip doğrulmak için geç bile kalmıştım ama bir türlü yapamıyordum.

Buz gibi bir kış gününde hayatımı değiştirecek o kızla tanıştım.

Ellerimi cebime sokmuş halde titreyerek hızla yürüyordum. Kar atıştırmaya başlamıştı ve hızlanıyordu; muhabirin söylediğine göre şiddetli kar yağışı kapıdaydı. Hızla ilerlerken bir çığlık duyup irkildim ve sesin geldiği yöne doğru baktım.

Tekerlekli sandalyedeki bir genç kızın çığlığıydı bu; tekerleğinin teki çukura saplanmıştı ve neredeyse göz açtırmayacak hıza ulaşan kar taneleri, zavallı kızın elini ayağını birbirine dolaştırmıştı. Hemen yardımına koştum. Neyse ki tekerleğe bir şey olmamıştı. Acelem vardı aslında. Genç kızı bırakıp gidecek gibi olduysam da bir anlığına, hemen toparlandım.

"Evin nerede? Arabanı evine kadar ben süreyim. Kar bastırmadan yetiştireyim seni," dedim kıza doğru eğilerek. Kız gülümseyerek kucağındaki battaniyeyi kaldırınca parlak ambalajlara sarılı çikolatalar göz kırptı bir anda.

"Biraz daha satış yapsam iyi olacak. Böyle giderse birkaç gün daha çıkamayacağım işe," dedi.

Havadan mı yoksa duyduklarımdan ötürü mü donup kalmıştım, bilemiyordum. Bu kız öylesine zor durumdaydı ki o anda ne diyeceğimi bilemedim.

"İyi de sen..."

Sustum. Aklımda şimşekler çakıyordu. Benim allak bullak olan suratımı görünce kız da gülümsedi. Hemen durumu toparlamam lazımdı.

"Seni eve bırakayım. Hem belki öncesinde sana bir sıcak çikolata ısmarlamama izin verirsin. Hikâyeni dinlemek isterim," dedikten sonra en muzır tavrımı takınıp "Çikolatalarının hepsini satın alacak birini tanıyorum, endişelenme," dedim göz kırparak.

Sonra köşedeki kafeye gittik ve ona sıcak çikolata ısmarladım. Sıcacık bir sohbet geçti aramızda.

Genç kız tekerlekli sandalyeye mahkûm olmadan önce lisenin voleybol takımının gözde oyuncularından biri ve çalışkan bir öğrenciymiş. Bir trafik kazası geçirmişler ve aileleri paramparça olmuş. Hastanede bakıma muhtaç halde yaşayan annesi ve küçük kardeşinden başka kimsesi kalmamış. Devletin yardımları geçinmelerine yetmeyince ne yapacağını şaşırmış; bir süre bocalamış ama asla pes etmemiş. Çarşıdaki dükkânları tek tek gezip durumunu anlatmış ve iş istemiş. Merkezdeki tarihi pastanenin sahibi çalışmasına gerek olmadığını, tüm esnaflar olarak birleşip ailelerine yardım edeceklerini söylemiş ama genç kız yine de çalışmadan yardım kabul etmemiş. Hal öyle olunca pastaneden aldığı çikolataları satmaya başlamış. Böylece yiyecek bir şeyler götürebiliyormuş eve. Onun bu azmini herkes takdir edermiş o çevrede.

Kendimi düşününce bu genç kızın karşısında ezilmiştim.

"En büyük hayalimi gerçekleştireceğim," dedi sonra, "Paralimpik oyunlarına hazırlanıyorum ben."

Kulaklarıma inanamamıştım. Hayatının iplerini kocasının eline teslim edip pes eden biri için soğuk duş etkisi yaratmıştı bu sözler. Sohbet bitmesin istiyordum.

O gün ayrılmadan önce genç kız bu kadife kaplı kokulu mumu vermişti bana. Belki de o günü hiç unutmayayım istemişti. O akşam genç kızı evine bıraktıktan sonra oturup saatlerde düşündüm.

Artık hazırdım yeni bir hayata yelken açmaya. O evden ayrılacak, kocamdan boşanacak ve hayal ettiğim gibi resim konusunda eğitim alacaktım. Karar vermiştim. Ve hepsini tek tek uyguladım. Bavula o kokulu mumu koyarken tüm gücümü tekrar topladım ve eski hayatımdan koşarak uzaklaştım.

Üzerinden seneler geçse de o genç kızın hayata tutunuşunu hiç unutmadım ve her ne zaman kendini yalnız ve güçsüz hissetsem bu mumu koklayıp genç kızı hatırladım.

Öyle garip bir dünya! Olmaz dediğin
ne varsa hepsi olur. Düşmem dersin
düşersin. Şaşman dersin şaşarsın.
En garibi de budur ya, öldüm der
durur yine de yaşarsın.

Mevlânâ

Bisküvide Saklı Mutluluk

"Umut, insanı uyandıran bir rüyadır."

Aristoteles

Eşim Gerald'ı geçtiğimiz sene kaybettim. Her şey o kadar ani gelişti ki, ne olduğunu bile anlayamadım. Yağmurlu bir pazar günü, salonda oturmuş kitap okuyordum. Üst kattan bir şeyin yere düşme sesi geldi. Koşarak yukarı çıktığımda Gerald'ı yatak odasında, yerde yatarken buldum. O an yaşadığım korkuyu hâlâ ilk günkü gibi hissedebiliyorum. Hemen bir ambulans çağırdım ve Gerald'ı vakit kaybetmeden hastaneye yetiştirdim.

Acı dolu bir hafta boyunca, damarlarındaki genişlemenin, Gerald'ın beynine nasıl zarar verdiğini elimden hiçbir şey gelmeden izledim. Yedinci günün akşamında doktor, beni odasına çağırdı ve Gerald'ın beyin taramalarını gösterdi. Sonuçlara göre, Gerald'ın beyninde kalıcı bir hasar oluşmuştu ve artık bedeni, makinelere bağlı olmadan hayatta kalamayacaktı. Aldığım haberle dünyam altüst olmuştu. Ama zor olsa da ne yapmam gerektiğini biliyordum. Çünkü bu konu, yani son dileklerimiz hakkında daha önce Gerald ile konuşmuştuk. Ben, ne olursa olsun, makinelere bağlı bile olsam yaşamayı tercih ederken, Gerald ise yapay bir şekilde hayatta kalmanın düzene aykırı olduğunu düşünüyordu. Kısacası, bunun kadere karşı gelmek olduğunu ve zamanı geldiğinde huzur içinde ölmeyi istediğini söylüyordu.

Bir günde hayatımın aşkını kaybetmeyi beklemediğim için büyük bir şok içinde eve döndüm. Çocukları büyükannelerine bıraktığım için saatlerce, içimden geldiği gibi ağladım. Bu, acıyla başa çıkma ve gerçeği kabullenme yöntemimdi ve bir şekilde işe yaramasını umuyordum. Sabaha kadar gözüme uyku girmese de en sonunda yorgunluktan, sabaha karşı koltukta uyuyakalmıştım. Son hatırladığım şey, saatin 05.00 olduğuydu. Gözlerimi açtığımda ise saat 06.30'du. Doğrulup koltukta oturdum ve sakince düşünmeye çalıştım. Biricik sevgilimin son dileğini yerine getirmek zorundaydım. Tam o sırada aklıma bir şey daha geldi: Alex'in bir böbreğe ihtiyacı vardı!

Bir süre sonra evin içinde yüksek sesle, "Alex'in bir böbreğe ihtiyacı var!" derken buldum kendimi. Alex, kız kardeşim Barbara'nın çocukluk arkadaşıydı ve bize, yemeğe geldikleri bir akşam böbreklerinde bir sorun olduğunu ve diyalizin, hayatını ne kadar kötü etkilediğini öğrenmiştik. Gerald da ben de Alex için çok üzülmüştük. 18 yaşında gencecik bir çocuktu ve ölüm riski taşıyordu. Ama buna rağmen hayattan olabildiğince zevk almaya ve hayatını dolu dolu yaşamaya çalışıyordu.

Alex'in bir böbreğe ihtiyacı vardı ve Gerald, ona ihtiyacı olan böbreği verecekti...

Hızlıca montumu giydim ve hastaneye doğru yola çıktım. Hastaneye varır varmaz yetkililerle görüşüp Gerald'ın organlarını bağışlayıp bağışlayamayacağımızı sordum. Başta herkes, eşi yaşadığı halde organlarını bağışlamayı düşünen bir kadın görünce şaşırsa da, Alex'ten ve Gerald'ın son isteğinden bahsettiğimde bu düşüncem herkese mantıklı gelmeye başladı. Yetkililerden biri, bizim yaşadığımız bölgenin organ nakilleriyle ilgilenen ekiple iletişime geçtikten sonra bana telefonla ulaşacağını söyledi.

Ertesi gün telefonum çalınca kalbim yerinden çıkacakmış gibi atmaya başladı. "Tanrı'm, ne olur onaylanmış olsun," diyerek telefonu açtığımda iyi haberi aldım. Gerald'ın böbreğini eğer gerekli testlerden geçebilirlerse Alex'e vermelerinin mümkün olduğunu söylediler. Eğer testler olumsuz çıkarsa da böbreği, yeni bir böbrek bekleyen başka bir hastaya verip Alex'i de bekleyenler listesinde en üste alabileceklerini belirttiler. Bunun üzerine vakit kaybetmeden Alex'i arayıp ona haber verdim. Gözyaşları içinde teklifimi kabul edip bana defalarca teşekkür etti.

Yetkililer vakit kaybetmeden Alex'i hastaneye getirdiler ve uyumluluk testlerine başladılar. Testler olumlu çıkınca hepimiz rahat bir nefes aldık. Barbara ve çocuklar da bizimleydi. Onlar da benim gibi acıyı ve mutluluğu bir arada yaşıyorlardı. Çocuklara, babalarının durumunu birer psikolog eşliğinde açıklamış ve bu durumdan olabildiğince az etkilenmeleri için elimizden geleni yapmıştık.

Gerald otuz iki yaşında, ona 6 yıl önce ölüm bizi ayırana kadar yanında olacağıma dair söz verdiğim gibi, kollarımda öldü. Veda cümlelerimi söyleyip Gerald'ı alnından öptükten sonra Alex ile birlikte ameliyathaneye alındı. Saatler süren bir operasyonun ardından Alex, ameliyattan bambaşka biri olarak çıktı.

Hem Alex'in iyileşmesi hem de cenaze sürecinin başlaması için bir iki günlüğüne hastaneden uzaklaştım. Tüm hazırlıklar yapıldıktan sonra biricik sevgilim Gerald'ı son yolculuğuna uğurladık. Ardından, çocuklarla birlikte hastaneye dönüp Alex'i ziyaret ettik. Odasına girdiğimde elinde bir paket bisküvi tutuyordu. İçeri girdiğimi görünce kafasını kaldırıp, "Üç buçuk yılın sonunda, ilk kez en sevdiğim bisküviyi yiyebiliyorum," dedi ve birbirimize sarılıp hıçkıra hıçkıra ağlamaya başladık. Bunlar hem sevinç hem de hüzün gözyaşlarıydı.

Alex'e sarılmak bana çok iyi gelmişti çünkü içinde bir yerde, Gerald'dan bir parçanın yaşadığını biliyordum.

Alex hastaneden çıktığı gün beni arayıp Gerald'ı ziyarete gitmek istediğini söyledi. Birlikte mezarlığa gittiğimizde hissettiğim en yoğun duygu huzurdu. Alex'in yüzünde ise sonsuz bir minnettarlık ifadesi vardı. Gerald'ın ne kadar mükemmel bir adam olduğu hakkında biraz konuşup onu çok özleyeceğimizi söyledikten sonra bize gittik. Barbara çocuklarla ilgileniyordu ve Alex onu alıp öyle dönecekti.

Herkes evine gidip de ben çocuklarla tek başına kalınca, oturup uzun uzun tüm bu yaşananları düşündüm. Genç Alex'in bir büskivi ile bile ne kadar mutlu olduğunu hatırladım. Aslında bu, daha büyük bir şeyin, küçük bir parçasıydı. Alex, sağlık durumu yüzünden üniversiteyi yarıda bırakmış, önceden yapabildiği pek çok şeyden vazgeçmişti. Ama şimdi, güzel ve sağlıklı hayatına dönmek için ona büyük bir fırsat verilmişti ve bunu sağlayabildiğimiz için kendimi çok iyi hissediyordum. O gün Gerald, Alex'e hayatının en büyük hediyesini verirken; Alex de bana büyük bir ders vermişti: Ufacık bir bisküvide bile kocaman mutluluklar saklı olabilirdi.

Hâlâ Hayattayım

"Kelimeler, insanların kullandığı en güçlü haplardır."

R.Kipling

Kocam John, ördek avına bayılırdı. Arkadaşlarıyla en severek yaptığı aktivite de buydu zaten. Bu iş için ekipman almaya, araştırmalar yapmaya bayılırdı. Bunun için harcadığı paranın hesabını asla yapmazdı. Onun için bir tutkuydu bu. Ailesinden sonra gelirdi bu hobisi.

Bir gün, ava olan tutkusu yüzünden hayatının kökten değişeceğini elbette bilmiyordu.

O gün John'u av heyecanı sarmıştı. Bir yandan hazırlık yapıyor diğer yandan yoğun bir telefon trafiğini yönetmeye çalışıyordu. Her şey yolunda gözüküyordu ve son derece keyifliydi. Sonunda vedalaştık ve arkadaşlarıyla buluşmak üzere evden çıktı.

Aynı günün akşamı John'un sıkı dostlarından Richard evi aradı. John av esnasında arkadaşlarının birinin tüfeğinden çıkan kurşunla beyninden vurulmuştu. Hastaneye zar zor yetiştirmişlerdi ve hemen ameliyata alınmıştı. Kulaklarıma inanamıyordum. O gün neşeyle evden çıkan adam şimdi bir ameliyathanede yaşam savaşı veriyordu. Canım acıyordu. Hemen hastaneye gittim. John saatlerce ameliyatta kaldı. Perişan haldeydim. Doktor içeriden çıkıp, "Hastayı kaybettik," diyecek diye ödüm kopuyordu. Hayatımın en berbat saatlerini yaşıyordum.

Doktor içeriden nihayet çıktı ve John'un hayatta olduğunu söyledi. Bir süre yoğun bakımda kalması gerekiyordu. Ve maalesef kurşunun etkisiyle felç olmuştu. Artık yürüyemeyecekti. Durum kötünün iyisiydi; hayatta olduğu için şükürler ediyordum yine de ama bizi zor günler beklediğini biliyordum.

Bir süre hastanede kaldıktan sonra evimize döndük. John öyle metanetliydi ki başına gelen bu felakete rağmen hâlâ haline şükrediyor, etrafındakileri üzülmemeleri için teselli ediyordu. Bense olayın şokunu atlatamamıştım ve onu öyle gördükçe kahroluyordum. Ve panik atak krizlerine girmeye başlamıştım. John o haliyle bile bana yardımcı olmaya çalışıyor, adeta terapi niteliğinde konuşmalar yapıyordu.

Zamanla bu yeni duruma alışmaya başlamıştım.

John bu kazadan önce de hayat dolu, hoşsohbet biriydi. Ancak kazadan sonra üzerine çöken olgunluk onu daha da güzelleştirmişti. Öyle derin cümleler kuruyordu ki artık etrafındaki herkesin bir şekilde hayatına dokunur hale gelmişti. Bir keresinde çok etkileyici bir olaya tanıklık etmiştim. O gün yine fizik tedavi kliniğine gitmiştik. Haftanın belli günleri oraya düzenli olarak gidiyorduk. Haliyle gelen diğer hastalarla da merhabalaşıp hal hatır sorar hale gelmiştik. Bu hastalardan biri de beyin kanamasından sonra kısmi felç geçiren Kevin'dı.

Kevin mütemadiyen söylenen, terapistlere bağırıp çağıran, içinde bulunduğu durumdan ötürü etrafını suçlayan bir adamdı. John her gidişimizde onunla selamlaşıp ayaküstü sohbet ederdi. Kevin'ın hali onu üzüyordu. "İçten içe büyük bir üzgünlük, acı ve kızgınlık yaşıyor; bu duygularını da dışa bu şekilde vuruyor," demişti bir keresinde John, Kevin yine terapistlere zorluk çıkarırken.

John ve Kevin ara sıra kahve içip kâğıt oynamaya başladılar. Sohbetleri her defasında uzuyordu ve bu ikilinin arasında bir dostluğun temelleri atılıyordu. John, Kevin'ın yaralı ruhunu onarıyor, başına gelen olaydan ötürü kendini soktuğu kalıbı her geçen gün biraz daha genişletiyordu. Kevin'daki değişim herkesin dikkatini çekiyordu.

Bir gün John'un Kevin'a söylediği bir cümle, hayata yanlış pencereden baktığımı göstermişti bana. Olay şöyle gerçekleşmişti: Kevin'ın salona girdiğini gören John eliyle onu yanımıza davet etti. "Nasılsın bakalım genç adam?" diye sorunca Kevin, "Henüz ölmedim ahbap..." diye esprili bir yanıt verdi.

John kelimelerin gücüne çok inanır ve onları özenle seçerdi. Kevin'ın sözlerini duyunca parmağını iki yana salladı. "Hayır dostum. Hayatın, arkadaki çöplüğe bakan penceresinden çekil de öndeki cıvıl cıvıl bahçeye bakan penceresine gel. Buradan bakmak inan çok keyifli," dedi gülümseyerek.

"Tatlım, ne demek istiyorsun?" diye sordum Kevin'a fırsat vermeden.

"Hayatım, kelimelerin gücünü asla küçümseme. Biz onları yönetmezsek onlar bizim kontrolümüzü ele geçirir, nasıl hissedeceğimize karar verir. 'Henüz ölmedim,' demek yerine 'Hâlâ hayattayım,' demek çok daha akıllı bir tercih olacaktır," dedi.

Kevin'la birbirimize baktık. John çok haklıydı. Hayata yanlış pencereden bakıyor, bardağın boş tarafını görüyorduk. John'ın böylesine kötü bir deneyimden sonra bile etrafına böyle ışık saçabilmesinin sırrı bu olmalıydı.

Bu sırrı paylaştığı için ona minnettardım. Artık gözümü ön bahçeye dikmiştim, bundan böyle arkadaki çöp bidonlarını izlemeye hiç niyetim yoktu!

Son Aşk

"Aşksız olma ki ölü olmayasın.
Aşkta öl ki diri kalasın."

Mevlânâ

Her kadın ilk aşkıyla evlenme hayali kurar…

Biz de ilk aşkım Joseph ile 2 yıllık bir ilişkinin ardından bu hayalimizi gerçekleştirmek için adımlar atmaya karar vermiştik. Ailelerimiz tanışmış ve iyi anlaşmışlardı. Hatta aslına bakarsanız biraz fazla iyi anlaşmışlardı. Tanıştıktan birkaç hafta sonra akıl almaz bir hızla nişanımızı, düğünümüzü planlamaya başlamışlardı.

İkimizin de işlerinin oldukça yoğun olduğu bir dönemdeydik. Hep birlikte yediğimiz bir aile yemeğinde, bizden habersiz alınan kararlar masaya bomba gibi düştü.

"Nişanınızı önümüzdeki ayın sonunda Missouri'deki çiftlik evinde yapalım diyoruz. Hiç merak etmeyin bütün hazırlıklarla biz ilgileneceğiz! Yaz sonunda da havalar soğumaya başlamadan düğününüzü yapmış oluruz. Böylece siz de keyifli bir balayı yapabilirsiniz. Havalar soğursa pek bir anlamı kalmaz tatilinizin…" dedi annelerimiz bir ağızdan.

Ben şok içinde olayları takip etmeye çalışırken Joseph yanı başımda gülümseyen gözlerle annelerimizi dinliyor ve yemeğine devam ediyordu. İki annenin de hevesi gözlerinden okunuyordu. Heyecanla anlattıkları şeylerin hepsini hatırlamam mümkün bile değil... Buldukları organizatörleri bizlere tanıtıyor ve çiçekleri nereden almamız gerektiğiyle ilgili yaptıkları araştırmaları önümüze seriyorlardı. İkisinin de kötü bir niyeti yoktu kesinlikle ancak boğulmaya başladığımı hissediyor ve bir yardım bulma umuduyla Joseph'e bakıyordum. O ise hiç oralı değildi. Tüm bu yaşananlar çok olağanmış gibi sessizce oturmaya devam ediyordu.

O gece, o yemek uzadıkça uzadı. Bitmesini dilediğiniz yolların, sayarak tüketmeyi dilediğiniz günlerin sonu gelmez ya hani bazen...

O gece de yelkovanla akrep inadıma yavaşlamıştı sanki...

Evlerimize dağıldıktan sonra kendimi yatağıma atıp düşünmeye başladım.

Tüm bunların bu kadar aceleye gelmesinin dışında, ben gerçekten de hazır mıydım böyle bir işe girişmeye? Hayatımı, sonuna kadar olmasını umut ederek birinin hayatıyla birleştirmeye? Yaşananların yoğunluğuyla acele bir karar vermemek adına uyuyup dinlenmeyi tercih ettim.

Ertesi gün Joseph'i arayıp onun ne düşündüğünü merak ettiğimi söyledim. Duyduklarımla içimdeki şüphe tohumları bir anda yeşillendi sanki...

"Margaret, bu kadar büyütmeye gerek yok. 2 yıldız birlikteyiz, ailelerimizi tanıştırdık. İşleri bizim için kolaylaştırıyorlar işte. Lütfen detaylara takılma..." dedi soğukkanlılıkla.

Bir gece önce sorgulamaya başladığım ilişkim, gözlerimin önünde paramparça oluyordu sanki.

Joseph beni ben olduğum için değil, 2 yıldır ilişkisini sürdürdüğü ve artık evlenmesi gerektiğini düşündüğü herhangi bir kadın olarak seviyordu. Benim yerimde kim olursa olsun bu şekilde düşünecek ve bütün her şeyi, organize etmeye hazır olan annelere bırakıp kenarda, "Evet!" diyeceği anı bekleyecekti.

Kendime düşünmek için biraz daha zaman verdikten sonra aramızdaki ilişkinin temelsiz bir bina gibi olduğuna karar verdim. Dışarıdan gelen en ufak bir müdahale ile çatırdamaya başlamıştı duvarlarımız. Ailelerin işin içine girmesiyle birbirimize âşık olmadığımızı acı bir şekilde keşfetmek durumunda kalmıştım.

Hiçbir şey için geç değildi. Kendimi böyle bir duruma hapsetmeyecektim. Joseph ile bu ilişkiyi sürdüremeyeceğime dair bir konuşma yaptıktan sonra durumu ailelere de açıkladım. İşin komik tarafı şuydu ki, Joseph durumunu hemen kabullenmişti. Gerçekten de en ufak bir üzüntü bile görememiştim gözlerinde. Annelerimizin daha fazla üzüldüğü kesindi.

Ben ise boşa geçirdiğim 2 yılın ardından toparlanmaya çalışıyordum.

Kafamı dağıtmak için bir yemek kursuna katılmaya karar verdim. Hayatıma uzun bir süre kimseyi kabul etmeyi planlamıyordum. Katıldığım yemek kursunun sahibi çok tatlı bir kadındı. İlk kurs gününde içeriye girdiğimde bir eşim olup olmadığını sordu ve olumsuz cevap verdim.

"Tezgâhı biriyle paylaşmak için kuraya adını yazdırmalısın," dedi.

İsimler teker teker söylendiğinde Bob isimli biriyle tezgâh arkadaşı olacağımı öğrendim.

Çok keyifli bir ilk gün geçirmiştik. Sohbeti o kadar güzel biriyle eş olmuştum ki 3 saati bulan kurs saatinin nasıl dolduğunu bile anlayamamıştım.

Eve geldiğimde ise yine annemin baskılarıyla ve sürekli yakarışlarıyla muhatap oluyordum. İlişkime bir şans daha vermemi söyleyip duruyordu. Annemi uzunca bir süre yalnız kalmak istediğime ikna etmek oldukça zor oldu.

Haftalar akıp gidiyordu.

İçimde 2 yıldan sonra oluşan bir boşluk vardı elbette ki ama Joseph'i özlemediğimi fark etmek kendimi iyi hissetmemi sağlıyordu.

Bob ile çok güzel vakit geçiriyordum ancak hayatıma birini almama konusunda hâlâ ısrarcıydım. O da benimle bire bir program yapma konusunda oldukça hevesliydi. Bahaneler üretip duruyordum ancak artık sona geldiğimi hissediyordum. İyi bir arkadaşımı kaybedeceğimden korkmaya başlamıştım. Bir akşam yemeği için sözleşmiştik ancak ben ona hakkımdaki gerçeklerden henüz bahsetmemiştim ve birine yüreğimi açma konusunda ne kadar katı olduğumu henüz bilmiyordu. O yemekte ona her şeyi açıklayacaktım.

Bob ile dışarı çıkacağımız akşam evde hazırlanırken annem odamın kapısını tıklattı ve Joseph'in evlilik haberini alıp almadığımı sordu.

Biz ayrılalı henüz yalnızca üç buçuk ay olmuştu. Üç buçuk ay…

Rujumu sürüp evden çıkmayı planladığım beş dakika içinde pijamalarımı giyip yatağa girmiştim bile. Bob'a rahatsızlandığımı ve gelemeyeceğimi bildiren bir mesaj yazmış ve anlam veremediğim bir üzüntüyle uykuya dalmıştım.

Ertesi sabah Bob'dan gelen çiçeklerle güne uyandım.

"Geçmiş olsun…" notuyla eve gelen çiçekler beni çok şaşırtmıştı. Ben ondan kaçtıkça o bir şeyler yapmak için uğraşıyordu.

Ben Bob'dan kendimi uzaklaştırmaya çalıştıkça o, doğru kişi olduğumu düşündüğünü söyleyerek benim peşimden geldi.

Mesajlarına cevap vermedim, bekledi.

Aradığında açmadım ama asla rahatsız etmedi.

Yalnızca bekledi.

Ve sonunda ona gerçek bir şans vererek bir ilişkiye başladık. Şimdi ise 7 yıllık bir evliliğimiz ve 4 yaşında ikiz kızlarımız var.

Hayatta önemli olanın ilk aşk değil son aşk olduğunu kızlarıma bu kısa hikâyemle anlatacağım. Gerçek aşkın kararlılık istediğini de buradan öğrenecekler ve babalarına bir kez daha hayran olacaklar…

Yılın Son Dersi

"Öğretmen bilgeliğini değil,
inancını ve şefkatini verir."

G. Willow Wilson

Karnelerin dağıtılmasına son bir hafta kalmıştı. Ben de en az öğrencilerim kadar heyecanlıydım. Hem ısınan havalar, hem de koca bir yılı sorunsuz bitirmiş olmanın verdiği hafiflikle enerji doluydum. Öğrencilerim de son derece neşeliydi. Ders aralarında bahçeye çıkıp oyunlar oynuyor, kimi zamansa okulun yemyeşil bahçesine çıkıp doğanın kucağında yapıyorduk son derslerimizi.

Herkesin keyfi yerindeydi ama öğrencilerimden birinin durumu farklıydı. Her ne kadar bize katılıp eğlense de ara ara yüzü düşüyor ve bir kenara çekilip somurtuyordu. Sebebini biliyordum ama çözmeyi başaramamıştım.

İkinci dönem başında renkli, plastik kapakları kullanarak öğrencilerime yaka iğneleri hazırlamış, hatta ortalarına kısa motivasyon cümleleri yazmıştım. Sene boyunca hepsine birer tane verecek, sene sonunda onları tek tek tebrik edip karnelerini dağıtacaktım. Sally hariç herkes motivasyon çiçeğini kazanmıştı ama Sally bir türlü başaramamıştı.

İşte bu yüzden, diğer arkadaşlarının göğsündeki çiçekleri gördükçe içten içe üzülüyor, bir kenara çekilip sessizce arkadaşlarını izliyordu.

Bir öğretmen olarak bu duruma çok üzülüyordum. Aslında Sally başarısız bir öğrenci değildi; yalnızca aşırı çekingendi. Çiçeği kazanamamış olmasının sebebi de buydu.

Son bir haftam kalmıştı ama siz de bilirsiniz, son hafta ders kitapları rafa kalkar, yaz tatili planları konuşulmaya başlanır. Dolayısıyla Sally'ye çiçeği verme imkânlarım da ciddi ölçüde azalmıştı. Ama ne olursa olsun o küçük kızı yaz tatiline boynu bükük yollamaya niyetim yoktu. Düşünüp taşındım ve sonunda bir yol buldum. Denemeye değerdi.

Okulun son haftasına özel bir yarışma yapacağımı ilan ettim. Herkes bir aile üyesinin resmini yapacaktı. Yarışma sonunda Sally'nin resmine ödül olarak motivasyon çiçeğini verecektim bu bahaneyle. Hemen duyuruyu yaptım. Karne gününden bir gün önce resimleri toplayacağımı söyledim. Resimlerin arkasında da hangi aile üyesinin resmi olduğunu not etmelerini istedim.

Neşeyle geçen haftanın bitimine yaklaşmıştık. Perşembe günü tüm çocuklar heyecanla resimleri getirdiler. Aynı günün akşamı evde yemek faslı bittikten sonra kendime bir kahve yapıp koltuğuma kuruldum. Öğrencilerimin yaptıkları resimleri incelemeye başladım. Hepsi o kadar sevimli şeyler çizmişlerdi ki… Babasının, annesinin, kardeşlerinin, hatta evcil hayvanlarının resimlerini çizen bile vardı. Çok eğlenceli gidiyordu çizimler. Sıradaki kâğıda gelince bakakaldım öylece. Elimde tuttuğum kâğıtta hangi aile üyesinin resminin çizildiğini anlayamamıştım. Yüzümü buruşturdum ister istemez. Kâğıdı çevirdim: *Sally - Bu benim ablam.*

İç geçirdim. Ben ondan aile bireylerinden birini çizmesini istemiştim ama Sally gökyüzü, çimenler ve bir göl çizmişti. Tüm keyfim kaçmıştı. Nasıl verecektim şimdi Sally'ye motivasyon çiçeğini? Diğer öğrenciler de duruma itiraz edebilirlerdi üstelik. Dediğim gibi, iyice keyfim kaçmıştı. Resimleri üstünkörü inceleyip yattım.

Ertesi sabah karne heyecanı yaşayan öğrencilerim beni görünce hemen koşuşturdular sarılmak için. Bir yandan da resim yarışmasının kazananını soruyorlardı.

Karneleri dağıtmadan önce resim yarışmasının kazananını açıklayacağımı söyledim ama kafam allak bullaktı. Gözlerim Sally'yi aradı. Arkadaşlarının dikkatini çekmeden onunla konuşmak istiyordum. Sınıfça bahçeye çıkmayı teklif edince kocaman bir sevinç çığlığı koptu. Hep birlikte çimenlere dağılıp ellerimize okuma kitaplarımızı aldık. Sally yine en uzak köşelerden birinde yalnız başına oturuyordu. Yanına gittim. Konuyu resim yarışmasına getirdim doğrudan.

"Heyecanlı mısın bakalım?" diye sordum.

Gülümseyerek başını salladı.

"Resmin çok ilgimi çekti ama sanırım anlamak için biraz yardımına ihtiyacım olacak," dedim.

Onu incitmek istemiyordum.

"Ben bu resimde ablamı anlatmak istedim. O farklı. Tıpkı gökyüzünün çimenden, çimenin de gölden farklı olduğu gibi."

"Nasıl yani?" dedim merakla. "Ablanın farkı nedir Sally?"

"O yürüyemiyor. Biz küçükken parka götürürdü babam bizi. Çocuklar ablama tuhaf tuhaf bakarlardı ve ablam da çok üzülürdü. Babam da onu öyle görünce parmağıyla gökyüzünü gösterip, 'Bak gökyüzüne, yeryüzünden farklı. Çimenler de topraktan farklı. Sen de diğerlerinden farklısın, hepsi bu…' derdi. Ben de karne gününde ona hediye olarak vermek için ablamı çizdim," dedi.

Dolan gözlerimi fark etmemesi için hızlıca başını okşayıp koşar adımlarla uzaklaştım.

Zamanı gelince karneler dağıtıldı. Sıra resim yarışmasına geldiğinde kendimden çok emin bir şekilde Sally'yi yarışmanın birincisi ilan ettim ve motivasyon çiçeğini yakasına taktım. Sevincini görmenizi isterdim; gözlerinin içi ışıl ışıl parlıyordu.

Sally'nin bu ince düşünceliliği tüylerimi diken diken etmişti. Öğrencilerle vedalaşıp birbirimize iyi tatiller diledik.

Sally'yi yanıma çağırıp, "Teşekkür ederim, Sally. Bu özel resim için sana çok teşekkür ederim," dedim ve ona sımsıkı sarılıp öptüm. Bu hayatımda yaşadığım en özel ve en anlamlı karne günüydü.

Yılın son dersini almıştım. Ve hiç unutmayacaktım.

Kaçırılan Uçak

"Kendi planlarımızı yapıyorduk ama kaderin de planları olduğunu unutmuştuk."

Dostoyevski

Yaklaşık 10 senedir moda sektöründe çalışmaktayım. İşimi, çalıştığım sektörü çok seviyorum ve yıllarca çok çalışarak sürekli yükseliş gösterdim. Hırslı bir yapım olduğu için iş konusunda başarı basamaklarını tırmanmaktan başka şey düşünemezdim eskiden. Neredeyse hiçbir toplantıyı kaçırmaz, işlerden uzaklaşıp tatile çıkmayı, ne bileyim bir yerlerde kafa dinlemeyi aklıma bile getirmezdim. Varsa yoksa iş... Kendi markamı yaratma hayaliyle yoğun bir koşturmacanın içinde şuursuzca çırpınıyor, aslında bir yönüyle de hayatı kaçırıyormuşum. Bu gerçeği yüzüme tokat gibi çarpan o olay olmasa belki de hâlâ aynı keşmekeşin esiri olarak yaşamımı sürdürüyor olacaktım.

Bundan yaklaşık 1 sene önceydi. Katılmam gereken bir defile vardı; bu, benim kariyerim açısından çok önemli bir organizasyondu. Orada, diğer tasarımcılar arasında yerimi almam şarttı. Bu defileye katılarak bağlantılar kurma, çeşitli firmalarla temasa geçme şansını elde edebilirdim. Bu fırsatı kaçıramazdım. 3 saatlik bir uçak yolculuğu beni bekliyordu. Her şeyden önce biletimi ayarlamam gerekiyordu. Bilet fiyatları çok yüksekti ama elde edeceklerimi düşününce bunu pek önemsemiyordum.

Biletleri almıştım. Sonrasında iş ile ilgili dosya ve malzemeleri ayarladım. Son olarak da bavulumu büyük bir özenle hazırladım. Kahvemi alıp defileyi, kariyerimdeki gelişmeleri ve ileride çıkaracağım kendi markamı hayal etmeye başladım. Uçuşa yalnızca iki gün kalmıştı.

İki gün su gibi geçti, çok heyecanlıydım. Sabahı sabah ettim; gece hayaller kurmaktan gözüme uyku girmedi. Hal böyle olunca sabaha karşı uyuyakalmışım. Gözümü açtığımda saat tam 07.17'yi gösteriyordu. Gözlerimi ovalayıp tekrar baktım. Nasıl olurdu bu? Saati 06.45'e kurmuştum halbuki!

Hemen kalkıp giyinmeye başladım. Elimden geldiğince acele etmeye çalışıyor, acele ettikçe de bir şeyleri yanlış yapıyor, vakit kaybediyordum. "Olamaz, bu uçağı kaçıramam," diye tekrar edip duruyordum. Taksiyi dünden ayarlamıştım, saat tam 07.30'da kapıda olacaktı. Saat 07.28'di ama ben halen pantolonumun sadece tek bacağını giymeyi başarabilmiştim.

Taksiye bavulları yerleştirdikten hemen sonra havaalanının yolunu tuttuk. Geri sayım başlamıştı...

Sanki tüm aksilikler o gün beni buluyordu. Hani şu filmlerdeki sahneler gibi... Sürekli kırmızı ışığa takılmalar, çöp kamyonunun arkasına denk gelmeler, hatta polis çevirmesine rastlamalar… Akla gelebilecek türlü türlü aksilikler yaşadık o sabah. Ben içimden sürekli lanet okuyordum; sinirden deliye dönmüştüm. Elimden kaçan fırsatlar bir film şeridi gibi gözümün önünden geçiyordu. Bir daha bu şansı yakalayamayacağımı düşündükçe adeta çılgına dönüyor, şoföre hızlı gitmesi için dil döküyordum. Şoför ısrarlarımdan bunalmış olacak ki dönüp, "Belki böylesi sizin için daha iyi olacak, rahat olun hanımefendi…" dedi.

Saçmalıyordu. Defileyi kaçırmanın nesi benim için iyi olabilirdi ki? Bunca sene tırnaklarımla kazıyarak geldiğim şu noktada yaşadığım şu aksilik, en iyi ihtimalle insanların gözünde *sorumsuz* biri gibi görünmeme sebep olacaktı. Evet, en iyi ihtimalden bahsediyorum!

Cehennem gibi geçen yolculuk bitmiş, nihayet havaalanına varmıştım. Saate bakmaya korkuyordum. Koşarak check-in yaptırmaya gittim. Kan ter içinde kalmıştım. Kapıların kapandığı anons edilince bir an kalakaldım; sonra elimdeki her şeyi bıraktım ve olduğum yere öylece çöküp bağıra bağıra ağlamaya başladım. Etraftaki insanların şaşkın bakışları umurumda değildi. Bir sonraki uçuş da oldukça geç bir saatteydi. Oturup ağlamaktan başka seçeneğim yoktu anlayacağınız.

Dakikalar sonra yerimden kalkabildim anca. Hüsrana uğramıştım; ağır adımlarda alandan çıktım. Hemen bir taksi çevirdim ve eve döndüm. Yol öyle boştu ki çabucak döndüm. "Gelirken de böyle bomboş olsaydı ne olurdu sanki," diye söylene söylene geçirdim yolculuğu.

Eve dönünce özenle hazırladığım bavulumu açıp eşyalarımı geri koydum. Sonra kahvemi alıp pencerenin kenarına geçtim. Gözlerimden yaşlar süzülüyorken gelip geçen arabaları izlemeye dalmıştım.

Çalan telefonla irkildim. Arayan iş arkadaşlarımdan Kevin'dı. Ah, onu aramayı da unutmuştum üzüntüden. Beni almak için alana gelecekti, sözleştiğimiz yerde beni bulamayınca hemen telefona sarılmıştı haliyle. Telefonu açar açmaz azarlanacağımı düşünüp savunmaya geçmeye hazırken hiç beklemediğim bir karşılık aldım.

"Tanrım, şükürler olsun hayattasın!"

Afallamıştım. Ne saçmalıyordu bu böyle?

"Neler oluyor Kevin?"

"O uçakta değilsin, şükürler olsun. Tanrı'ya şükürler olsun!" diye bağırarak ağlamaya başladı.

Durmadan *şükürler olsun* diyordu.

"Diana, haberleri aç. Daha fazla konuşamayacağım. Seni seviyorum," dedi.

Hemen televizyonu açtım. Son dakika haberlerinde düşen bir uçaktan bahsediliyordu. Şoktaydım. Kaçırdığım için gözyaşlarına boğulduğum, lanetler okuduğum uçak düşmüştü ve kazadan sağ kurtulan yoktu.

Neye uğradığımı şaşırmıştım. Şükürler olsun ki hayattaydım. Şükürler olsun ki o uçağı kaçırmıştım. Sabahtan beri başıma gelen onca aksilik sırf *ben hayatta kalayım* diyeymiş meğer. Ve ben onca gözyaşını, hayatta kaldım diye dökmüşüm sanki.

Tanrım, ne aptaldım! Kendimi o defileye katılma fikrine öyle kaptırmışım ki gözüm başka hiçbir şeyi göremez hale gelmişti. O uçağa binseydim her şey bitecekti.

Şoförün sözleri aklıma geldi: "Belki böylesi sizin için daha iyi olacak."

Evet, böylesi gerçekten benim için çok ama çok daha iyi oldu...

Bu olaydan sonra hayata bakışım kökten değişti. Artık plan yaparken, kaderin her plandan üstün olduğunu bilerek hareket ediyorum. Yaşama pamuk ipliğiyle bağlı olduğumuzu ve her anımızı keyifle geçirmemiz gerektiğini de hiç aklımdan çıkarmıyorum.

Beni anlamadın demeyeceğim.
Beni anladın. Zaten en dayanılmaz acı buydu. Sen beni anladın.
Anladığın hâlde canımı yaktın.

Frida Kahlo

Bir Köpeğin Şefkati

"İnsan ruhunun bir parçası hayvan sevgisini tadana kadar uyanmaz."

Anatole France

Herhangi bir cevap almayı ummasam da, "Kiki'yi gören oldu mu?" diye seslendim. Eşim George ve çocuklar televizyon başına geçmiş, ellerinde oyun kumandaları, dünyadan soyutlanmış bir şekilde oyun oynuyordu. Hiçbiri beni duymamıştı. Kiki'yi arama görevinin bana kaldığını anlayınca evde hızlıca bir tur attım. Odalara, yatakların altına, kısacası aklıma gelen her yere bakıp ufak köpeğimiz Kiki'yi aramaya başladım. Miskin kedimiz Missy, her zamanki gibi bir koltuk tepesinde uzanıyordu ama Kiki'nin nerede olduğuna dair en ufak bir ipucu bile yoktu. Bir süre sonra, evdeki gürültüden dolayı bir yerlere saklanmış olabileceğini düşünüp aramayı bıraktım ve mutfağa, yemek yapmaya gittim.

Kiki, evi çok seven, sessiz ve cinsi sebebiyle ufak bir köpekti. İnsanlardan, en ufak sesten ve hareketlilikten korkuyordu. Bu konuda onu suçlayamazdım çünkü ailemize katılana kadar başından çok fazla şey geçmişti.

Onu ilk olarak, kedimiz Missy'yi veterinere kontrole götürdüğümüz zaman gördük. Missy günden güne kilo alıyordu ve biz de hamile olup olmadığından emin olmak için veterinere gitmeye karar vermiştik. Veterinere gittiğimizde sıra beklerken, yukarıdan bir köpeğin acı ciyaklamalarını duyuyorduk. George, ne olduğuna bakmak isteyip görevlilerden izin aldı ve yukarı çıktı. Bir süre sonra sesler kesildi ve bizim sıramız geldi.

Missy'yi yukarı çıkardığımda, George'un ufak bir kafesin önünde eğilip yaşlı gözlerle bir şeye baktığını gördüm. Bu, az önce ağlayan köpekti. Veteriner hekimin söylediğine göre çevrede yaşayanlardan biri, şüpheli bir adam görüp bir süre bu adamı takip etmiş. Adamı fark eden kişinin dediğine göre yılın belli dönemlerinde bu adamın evine bir sürü insan geliyor ve ellerinde yavru köpeklerle çıkıyormuş. Sonradan yetkililerin yaptığı bir baskınla öğrendik ki, bu adam özel cins köpeklerin yavrularını kaçak yollarla satıyormuş. Adamı tutuklayıp, elindeki köpekleri civardaki veterinerlere ve barınaklara yerleştirmişler. Oldukça zayıf ve çelimsiz olan bu köpek, kötü kalpli adamın eline düşen köpekler arasında durumu en kötü olanmış. Daha kendisi bile yavru sayılacak yaştayken defalarca doğum yaptığı, fiziksel şiddet gördüğü ve bu durumdan çok etkilendiği anlaşılmış. Hemen gerekli işlemler ve tedavisi yapılmış, bir daha anne olmasının önüne geçilmiş. O gün o kadar bağırmasının sebebi de o güne kadar ona sevgiyle yaklaşmayan insanlara karşı duyduğu korkuymuş. Veteriner hekimler, onu kontrol etmek için kafesinden çıkarmak isteyince zavallı yavrucak korkudan ortalığı birbirine katıvermiş.

Bu zavallı miniğin hikâyesini dinlerken gözyaşlarıma engel olamadım. Neyse ki o sırada Missy'nin ultrason için hazır olduğu haberi geldi de oradan uzaklaşınca biraz da olsa kendime gelebildim. Yapılan kontrolün ardından Missy'nin hamile olduğu kesinleşti. Bu, Georgu da beni de çok sevindiren bir haber oldu. Güzel haberin ardından arabaya bindik ama eve dönerken George da ben de tek kelime etmedik.

Eve gittiğimizde çocuklara Missy'nin yavruları olacağını söyledikten sonra hep birlikte yemek masasına oturduk. Ancak bir şey vardı. Yediklerim boğazımdan geçmiyor, boğazımdaki düğüm de bir türlü oradan gitmiyordu. George'un da durumunun benden farklı olmadığını görünce, "Kalk, veterinere gidiyoruz!" dedim ve ayağa fırladım.

Yolda öğrendiğime göre George'un da aklı o yavru köpekte kalmış ama evde bir kedi ve iki yaramaz çocuk olduğu için bir de köpek istemeyeceğimi düşündüğünden, köpeği eve almayı teklif edememiş. Gözlerimizde yaşlarla veterinerin kapısında durduk. Koşar adımlarla içeri girip görevliyle konuştuk ve yukarı çıktık. 2 kişi girdiğimiz veterinerden, kucağımızda şimdiki adıyla Kiki ile birlikte, 3 kişi çıktık.

Kiki, evimizin bir diğer neşe kaynağı olalı 3 ay oldu ve durumu günden güne iyileşti. Öyle ki her gece çocukların yataklarında uyuyor ve onları var gücüyle koruyordu. Ne zaman çocuklardan biri ağlasa, Kiki hemen yanına koşup patileriyle ve sevimli, küçük diliyle onu sakinleştiriyordu. Acıkmadıkları sürece kendi yavruları dahil kimseyi ve hiçbir şeyi umursamayan Missy ise kendi halinde takılmaya devam ediyordu.

Çocukların oyun oynamaktan sıkıldığı anın, yemek yemek için uygun bir an olduğunu düşünüp herkesi masaya çağırdığımda, sonunda Kiki'nin saatlerdir ortalıkta gözükmediğini de söyleme fırsatım oldu. Herkes yemeğini bırakıp telaşla evin içinde Kiki'yi aramaya başladı. Ama nafile! Kiki hiçbir yerde yoktu.

Tam o sırada Missy'nin miyavlaması üzerine, aklıma hiç bakmadığımız bir yer geldi: yavru kedilerin yuvası! Kiler dolabının kapağı her daim açık bırakılırdı çünkü yavru kediler için en güvenli yer orasıydı. Missy de yavrularını beslemek için dilediği gibi girip çıkabiliyordu. Önceden de bahsettiğim gibi yavrularını pek de umursamayan Missy, dört minik kediyi besler beslemez yanlarından ayrılıyor ve kendi keyfine bakıyordu. Yavruların yuvasına baktığımızda gördüğümüz manzara karşısında hepimiz çok duygulandık. Görünüşe göre Missy yine aynı şeyi yapıp yavruları bırakmıştı ve Kiki, yavruların biraz daha anne şefkatine ihtiyacı olduğunu düşünüp yanlarına kıvrılıvermişti. Kiki bizi görünce, "Şşş, onları daha yeni uyuttum," dercesine telaşlı bir bakış atınca istemsizce gülmeye başladık.

Kiki'yi bulmanın ve gördüğümüz şeyin verdiği mutlulukla yemeğe geri döndük. Çocuklar, tüm akşam boyunca Kiki'nin ne kadar mükemmel bir köpek olduğundan bahsedip durdu. Gerçekten keyifli bir akşamın ardından, çocuklar Kiki'yi de yataklarına alıp yattılar. Biz de George ile böyle bir aileye sahip olduğumuz için ne kadar şanslı olduğumuzdan konuştuk.

Evet, belki Kiki'ye yavrularıyla ilgilenme fırsatı vermediler, evet Kiki bir daha anne olamayacak. Ama Kiki, o altın kalbiyle ve minicik bedenini aşan kocaman sevgisiyle, yeryüzündeki en iyi annelerden biri olduğunu hepimize kanıtladı.

Azmin Zaferi

"Bir tepeden aşağı inmek, yukarı çıkmaktan daha kolaydır ama yukarıda manzara çok daha güzeldir."

Henry Beecher

Yıllardır karate eğitmenliği yapıyorum. Yüzlerce öğrencim oldu, farklı farklı yeteneklerle karşılaştım. Birçoğu standart öğrenci profiline uyan fiziksel yapılara sahipti ancak bunca yıl boyunca eşine benzerine bir daha rastlayacağımı sanmadığım, çok özel bir öğrencim oldu. Benim gözümde onun azmi başkalarına ilham verebilecek yegâne hikâyelerden biridir. Bahsettiğim o en sıradışı öğrencim, 200 kilo ağırlığındaki Julio'ydu.

En başa döneyim...

O günkü dersimiz bitmişti. Öğrenciler hazırlanıp birer ikişer salondan çıkıyorlardı. Ben ve asistanımsa salonu toparlayıp çıkacaktık. Saat de epey geçti zaten. İşlerimizi halletmiştik. Çıkarken cüzdanımı almadığımı fark edince asistanım Alejandro'yu yollayıp ben tekrar salona girdim. Cüzdanımı alıp çıkacaktım ki kapıda devasa cüssesiyle dikilmiş bir genç adam gördüm. Kimseyi görmeyi beklemediğim için ilk anda irkildim istemsizce.

O heybetli görüntüsünün aksine son derece kibar bir konuşması vardı. Benimle konuşmak istediğini, ona beş dakikamı ayırıp ayıramayacağımı sordu. Öyle çaresiz ve utangaç duruyordu ki onu kıramadım. Halbuki farklı yaş gruplarından birçok öğrenciye birden ders verdiğim için cuma günleri aşırı yoğun olurduk ve ben akşam 7'den sonrayı yatağa uzanıp dinlenme hayaliyle geçirirdim. Ama her nasılsa Julio'ya hayır diyememiştim. Dışarıda bir kahve içmeye karar verdik ve en yakın kafenin yolunu tuttuk.

Çok çekingendi. Benden ne istediğini sordum. "Ben karate yapmak istiyorum," dedi. İstemsizce, "Ama bu imkânsız. Bu kiloyla nasıl olur?" diye tepki verdim. Kırılabileceğini düşünmeden tepki vermiştim. Pişman olmuştum ama iş işten geçmişti.

"Ama ben bunu çok istiyorum. Lütfen beni öğrenciniz olarak kabul edin. Çok çalışıp kilo vereceğim. Ve iyi bir karateci olacağım. Buraya gelmek benim için büyük bir adımdı. İnanın cesaretimi toplamak çok zor oldu. Beni geri çevirmeyin. En azından bir hafta süre verin; pişman olmayacaksınız," dedi. İsteği gözlerinden okunuyordu.

"Kabul. Haydi bana biraz kendinden bahset," deyip onu tanımak için bir adım attım. Ve Julio'nun hayatındaki drama şahit oldum.

Anlattığına göre, babası o bebekken ölmüş.

"Babamı hiç hatırlamıyorum," derken gözleri dolmuştu.

Alkolik olan annesi de ona ve kardeşine gereken özeni gösterememiş. Sessiz olup ortalıkta dolanmasınlar diye sürekli abur cubur verip televizyon karşısında vakit geçirmeye teşvik etmiş. Bu sayede o ve kardeşi bir süre sonra oyun ve abur cubura adeta bağımlı hale gelmişler. Obezlikten kaçamamışlar elbette. Halbuki Julio kendini bildi bileli karate hayranıymış. Hep karate yapmak, o kuşakları takmak, o beyaz kıyafeti giymek istermiş. Ama böyle bir imkânı olmamış maalesef.

Bu arada annesi alkollüyken bir mekânda olay çıkardığı için hapse girmiş o süre zarfında kardeşiyle birlikte teyzelerinde kalmışlar. Orada da her yaptıklarından ötürü azarlanıyor, fiziksel görüntüleri yüzünden aşağılanıyor ve şiddete maruz kalıyorlarmış. Anneleri hapisten çıkınca durum daha da beter hale gelmiş.

"Ne kardeşimi ne de kendimi koruyabiliyordum. Cehennem gibi geçen yıllardı bizim için. Mutlu olmak için yapabileceğimiz tek şey yemekti," dedi. Haliyle ikisi de aşırı kilolu hale gelmişlerdi.

Julio çalışabilecek yaşa geldiğinde hemen işe girmiş ve kardeşini bir nebze olsun koruyabilmek, kendi himayesine alabilmek için gece gündüz çalışıp para biriktirmiş. Annesi ardında hiçbir iz bırakmadan kaçıp gittiğindeyse evin idaresi artık Julio'nun omuzlarına yüklenmiş.

"Kilom başıma bela olmaya başladı. İleride çalışamaz hale gelmekten çok korkuyorum. Hem kendim hem de kardeşim için ayakta kalmalıyım. Kilo vermeli ve ona örnek olmalıyım. Ama bu çok zorlu ve uzun bir yol. Ancak karateye olan ilgim ve hayranlığım beni motive edebilir," dedi.

Bu dev adamın içindeki çocuksu kalbi ve yaşadığı dram beni çok etkilemişti. Ona bir şans vererek doğru yaptığımı hissediyordum.

Akşamları iş çıkışı Julio'yla çalışmaya başladık. Ayakta uzun süre hareketsiz kalması bile öyle zordu ki… Çok zorlanıyordu gerçekten. İşin kötü tarafı onun bedenine uygun bir karate giysimiz de yoktu. Bir ay boyunca disiplinli bir çalışma sergileyebilirse ona bir kıyafet diktirmeye karar verdim. Böylece motivasyonu yükselecekti.

Gerçekten söylediği kadar istekli olduğunu kanıtladı. Hızla gelişme kaydediyordu. İş, ev ve karate salonu arasında yürüyerek mekik dokumaya başlamıştı. Bu arada ona bir karate elbisesiyle beline uygun bir kuşak yaptırdım. Çocuklar gibi sevindi, o an görülmeye değerdi.

Diyetisyen bir arkadaşımdan yardım istedim. Julio'yla yakından ilgilendi. Hem tahliller yaparak durumunu düzenli olarak kontrol ediyor hem de ona beslenme koçluğu yapıyordu. Julio hızla kilo veriyordu.

Bir senenin ardından Julio inanılmaz bir değişim göstermişti. Hem kilosu eskinin yarısına inmişti hem de karatede oldukça büyük bir aşama kaydetmişti. Artık kardeşine de kilo vermesi konusuda destek olmaya başlamıştı.

Julio hep bu gayretle devam etti. Artık kilolarıyla başı dertte değil. Salonda benim asistanlığımı yapıyor ve gerçekten çok başarılı. Kardeşi de okul sonrası salona gelip derslere katılıyor.

Julio ortaya koyduğu sonuç itibarıyla tam bir ilham kaynağıydı; dram yüklü bir hayatı azmiyle geride bırakmış, inanılmaz bir başarı elde etmişti. Müthiş bir değişime imza atmıştı.

Onunla tanıştıktan sonra hayatımdan bahaneleri çıkarttım ve azimle en zor yolların aşılabileceğini yaşayarak öğrendim.

Çünkü Julio azmin zaferiydi, bahane üretenler için bir ibret, benim içinse bir iftihar tablosuydu.

Ne garip değil mi? Aklı yavaş olana değil de, ayağı yavaş olana; yüreği kör olana değil de, gözü kör olana acırız.

Halil Cibran

Küçük Yazar

"Gençler ümitleriyle,
ihtiyarlar anılarıyla yaşarlar."

Fransız Atasözü

Büyükannem Alicia, hayatımda tanıdığım en azimli, bilgili ve en çok kitap okuyan insandı. Çocukluğuma dair en güzel anılarımın çoğunda büyükannem yer alıyor. Kendisi çocukluğundan beri elinden düşürmediği kalemleriyle ve yanından ayırmadığı not defteriyle, hayatıyla ilgili kısa öyküler yazan biriymiş. Çok şanslıyım ki onunla uzun yıllar geçirme fırsatım oldu. Ne zaman onu ziyarete gitsek benimle kitaplarla ilgili uzun uzun konuşurdu. Bu konuşmaları genellikle, tüm duvarlarını kitaplarla dolu rafların kapladığı çalışma odasında yapardık. Okumayı bilmediğim halde, sözkonusu kitaplar olunca çok heyecanlanırdım. Bir an önce okula başlamayı istiyordum. Böylece büyükannemin kitaplarını okuyabilecektim.

Okula başladıktan kısa bir süre sonra, sınıfımda okumayı öğrenen ilk çocuk ben olmuştum. Bunda da büyükannemin bana aşıladığı kitap sevgisinin payı büyüktü. Okumayı öğrenir öğrenmez annemlerden, beni büyükanneme götürmelerini istedim. Bu haberi duymayı en çok o hak ediyordu!

Büyükanneme okumayı öğrendiğimi söylemek için de güzel bir yöntem buldum. Sıradan ziyaretlerimizdenmiş gibi evine gidip yemek yedikten sonra, elime çalışma odasından bir kitap alıp büyükannemin yanına oturdum. Annem ve babam, ne yapacağımı bildikleri için merakla büyükannemi izliyorlardı. Büyükannemin hiç beklemediği bir anda, kitabın ilk cümlesini okumaya başladım. Büyükannemin o an yaşadığı mutluluğu yıllar sonra bugün bile çok net hatırlıyorum. Sonrasında, her hafta büyük bir hevesle büyükanneme gittim ve birlikte saatlerce kitap okuduk.

Yıllar sonra büyükannem, geçirdiği bir romatizmal hastalık yüzünden kalem tutamamaya başladı. Başlarda ne kadar üzülse de yazma aşkının önüne hiçbir şey geçemedi ve büyükannem, yaşına rağmen bilgisayar kullanmayı öğrendi. Artık öykülerini bilgisayarda yazıyor ve çıktılarını alıp yazılarını yine eski usul saklıyordu. Bir gün yanına gittiğimde onu bilgisayar başında buldum ve "Büyükanne, ben de bir şeyler yazabilir miyim?" diye sordum. Gözlerinin içi parlayarak, "Tabii ki Kelly, sana hemen yeni bir sayfa açıyorum," dedi ve bilgisayarını bana bıraktı. İşte, yazmaya başladığım gün o gündü. O günden sonra, bir sonraki ziyaretime kadar büyükannem yazdığım paragrafa bir yenisini ekledi ve ben yanına gittiğimde onun kaldığı yerden devam ettim. Yazma işini kendi aramızda bir oyun haline getirmiştik ve aynı zamanda bu, bizi birbirimize yaklaştıran da bir eylem olmuştu. Yazdıkça ve yazdıklarımızı okudukça, aslında birbirimize ne kadar benzediğimizi de şaşkınlık içinde fark ediyorduk. Bu oyunumuzu uzun yıllar sürdürdük. Ta ki en yakın arkadaşımı, en büyük rol modelimi, büyükannemi kaybedene kadar.

O gittikten sonra yazmaya da okumaya da uzunca bir süre küstüm. Artık hiçbir şey eskisi gibi tat vermiyordu bana. Kendimi işimle oyalamaya çalışıp günlerimi tek bir kelime bile yazmadan ya da e-postalarım dışında bir şey okumadan geçiriyordum. Çünkü ne zaman yazmayı aklımdan geçirsem büyükanneme duyduğum özlem, beni derinden yaralıyordu.

Büyükannemin ölümünün üzerinden 6 ay geçtikten sonra annem, ekonomik sıkıntılar yüzünden büyükannemin evini satmak zorunda kaldığında, 6 ay sonra ilk kez o eve girdim. Büyükannemin kitaplarını ve bilgisayarını görünce olduğum yerde kalıp dakikalarca ağladım. Kendimi çok kötü hissediyordum. Orada olduğum için değil, o gittikten sonra en sevdiğimiz şeyi yapmayı bırakıp, ona ve anısına ihanet ettiğimi düşündüğüm için. O gün büyükannemin kitaplığındaki tüm kitapları ve odasındaki bilgisayarı kendi çalışma odama taşıdım.

Bilgisayarın açma/kapama düğmesine uzanan ellerim heyecandan öylesine titriyordu ki bir an için yapamayacağımı düşündüm. Bilgisayarı açtığımda ekranın tam ortasında, adı "Kelly'ye" olan bir dosya buldum. Büyükannem, ölmeden önce bana bir mektup bırakmak istemiş ama elleri buna izin vermediği için bilgisayara bir dosya kaydetmişti. Bana, okumaktan ve yazmaktan asla vazgeçmememi söyleyerek bitirdiği mektubu okuduktan sonra ikimizin ortak dosyasını açtım. Hikâyemiz yarım kalmıştı ve tamamlanması gerekiyordu. 1 yıllık çalışmanın ardından sonunda hikâyemizi tamamladım. Birinin son dileğini yerine getirdiğinizde yaşadığınız o rahatlama ve huzur hissini bilirsiniz. O an, tam da bunu yaşadım ve bu dosyanın, bilgisayardaki bir dosya olarak kalmaması gerektiğine karar verdim.

Birkaç gün boyunca yayınevlerine tanıtım ve özet e-postaları gönderdim. Açıkçası hiçbirinden dönüş beklemiyordum ama en azından elimden geleni yapmış olacaktım.

Bir hafta sonra bir yayınevinden, benimle görüşmek istediklerine dair bir e-posta aldım. İlk fırsatta kendileriyle görüşüp, hikâyemizi kitap haline getirecek o imzayı attım. Büyükannemi herkes tanısın, herkes onun hikâyesini bilsin diye yazdığımız hikâyenin başına, büyükannemle kendi hikâyemi ekledim. Böylece insanlar, büyükanne Alicia'nın ve torunu Kelly'nin hikâyesini okurken, birlikte yazdıkları hikâyeyi de kitabın içinde okuyabileceklerdi. Büyükannemi ölümsüzleştirmiş ve ona borçlu olduğum teşekkürü bu şekilde etmiştim.

Yazmak benim için çocukluğumdan beri büyük bir tutku. Bunu ise büyükanneme borçluyum. Kitabımız o kadar ilgi gördü ki yazmayı hiç bırakmadım. Birkaç kitap daha yazdım, kısa öykülerimi kurduğum internet sitesinde yayınladım. Yazılarım ve kitaplarım binlerce kişi tarafından okunuyor ve kitaplarım uzun süre listelerden inmiyor. Hayatımda geldiğim bu noktada, büyükannemin payı çok büyük. Onun sayesinde yazmanın ve okumanın ne kadar önemli olduğunu gördüm. Onun sayesinde, bir çocuğa herhangi bir konuda iyi örnek olmanın, o çocuğun hayatını derinden ve sonsuza dek nasıl etkileyebileceğini gördüm. Bu yüzden şimdi kendi çocuklarıma her yönden iyi bir örnek olabilmek adına çok uğraşıyorum. Hayatlarını sevdikleri bir şeyi yaparak geçirmelerinde en ufak bir payım bile olursa, bu beni dünyanın en mutlu insanı yapacak.

Benim Süper Gücüm

"Her güç, sabır ile zaman birleştirilerek sağlanır."

Balzac

Küçük kızım Laura dünyaya geldiğinde evimiz sanki bir bayram yerine dönmüştü. Doğumuyla bizi sevince boğan güzel kızımız, ailemizin mutluluğunu perçinlemişti. Zaten birbirini çok seven ve çok bağlı bir çifttik ama kızımızın aramıza katılmasıyla kendimizi artık tam manasıyla bir aile olmuş gibi hissediyorduk.

Ebeveynlik tahminimizden de zordu; uykusuz geceler, ağlama nöbetleri, gaz sancıları... Ama sonunda kızımızın bir gülümseyişiyle tüm yorgunluğumuz silinip gidiyordu. Tüm yaşam tarzımız kökten değişmişti ve biz de bu değişikliğe adapte olmaya çalışıyorduk. Diğer yandan da onsuz günlerimizi neredeyse hatırlamıyorduk bile. Sanki o ta en başından hep bizimleymiş gibi hissediyorduk. Gerçekten eşim Anthony de ben de tam birer ebeveynlik sarhoşuyduk. Aslında *acemi* ebeveynlik desem daha doğru olacak...

Bata çıka, düşe kalka Laura ile ilk yılımızı geride bırakmıştık. Acemiliğimizi de biraz biraz geride bırakıyorduk.

Ancak zaman geçtikçe Laura'nın hareketlerinde birtakım tuhaflıklar gözlemliyordum. Anthony ile paylaşmamıştım en başlarda; peşin hükümlü davranıp onu endişelendirmek istemiyordum. Kızımı yakından, dikkatlice izlemeye devam ettim. Evet, yolunda gitmeyen bir şeyler vardı.

Adını söylediğimde bakmıyor, kollarımı açıp çağırdığımda gelmiyordu. Sanki bazen beni tanımıyor gibi hissediyordum. Gözlemlerimi sürdürdüm. Laura artık 2 yaşında, çok özel bir çocuktu; insanları hayrete düşüren bazı özellikleri ortaya çıkmıştı. Örneğin harfleri ve sayıları tanıyordu ve okuma yazmayı öğrenmişti. Bunu gören insanlar hayrete düşüyor, kızımızın üstün zekâlı olduğunu düşünüp bizi tebrik ediyorlardı. Gerçekten de inanılmaz bir hafızası olduğu gün geçtikçe ortaya çıkıyordu. Anthony bu olanlardan ötürü öyle keyifliydi ki Laura'daki tuhaflıklar hiç ama hiç dikkatini çekmiyordu. Bu durumu konuşmak istediğimde de beni teskin etmeye çalışıp hemen konuyu kapadı. Ona göre her şey yolundaydı.

Laura her ne kadar okuyup yazabilse de kesinlikle konuşmuyordu ve diğer çocuklara çok uzak davranıyordu. Onlarla göz teması kurmuyor, bir araya geldiklerindeyse onlarla oynamak yerine oyuncaklarını kendi kafasınca bir sıraya sokmayı tercih ediyordu. Kütüphaneye gidip bu belirtileri aydınlatacak bilgilere ulaşmaya çalışıyordum. Anthony'den gizli bir şekilde araştırmalar yapmaya başladım. İçgüdülerim beni yanıltıyor olamazdı. Kızımın yardıma ihtiyacı vardı.

Araştırma sonuçlarım, kızımın otistik olduğuna işaret ediyordu. Yıkılmıştım. İlk aklıma gelen şey, ben olmadan hayatını idame ettiremeyecek oluşuydu. Kendi ihtiyaçlarını karşılayamayacak, hayatı boyunca birilerinin ilgisine ihtiyaç duyacaktı. Gözyaşlarımı içime akıtıyor, sıkıntımı kimseyle paylaşamıyordum. Yapılacak en doğru şey, Laura'yı bir uzmana götürüp olan biteni netleştirmek ve gereken yardımı almaktı. Bu düşüncemi Anthony ile paylaştığımda ilk büyük tartışmamızı yaşadık. Ona göre ben çıldırmıştım, Laura aşırı zekiydi ve ben sadece "çok pimpirikli" bir anneydim.

Laura 3 yaşına geldiğinde onu uzun araştırmalar sonunda bulduğum, kıymetli doktorumuz Dr. Clifford'a götürdüm. Düşüncelerimde haklıymışım, Laura'ya otizm teşhisi konuldu. Aynı günün akşamı kocamla da durumu paylaştım. Elbette kabullenmedi, hatta ondan hiç beklemediğim şekilde bağırıp çağırdı, duvarları yumrukladı ama tüm bunlar gerçeği değiştirmeye yetmedi.

Laura birtakım konularda aşırı derecede iyiyken motor becerilerde, dil gelişiminde gerilerdeydi. Okuma yazmayı öğreneli çok olmuştu ancak hâlâ konuşmada çok ama çok gerideydi. Bazı seslere, temaslara aşırı duyarlıydı. O çok özel bir çocuktu ve dolayısıyla özel bir muameleye ihtiyacı vardı. Ona bu muameleyi göstermekse anne baba olarak bizim görevimizdi. Oturup kahrolma, duvarları yumruklama zamanı değil; kalkıp işbirliği yapma ve yavrumuza destek olma zamanıydı. Anthony'ye bu durumu sindirmesi için zaman verdim. Sonrasında el ele verip Laura'yla birlikte küçük ama emin adımlarla ilerlemeye başladık. Konuşma terapisi başta olmak üzere gereken tüm eğitimlere katıldı. Sosyalleşebilmesi için yavaş yavaş çeşitli kulüplere katılmasını sağladık. Kimisi ilgisini çekmezken kimisi ona çok şey kattı. Özellikle motor beceri gelişiminde ona büyük katkı sağlayan izciliğe fena merak saldı ve kamplara aktif olarak katılmaya başladı. İzcilikte günbegün aşama kaydediyor ve yapabildiklerine her geçen gün yenisini ekliyor.

Küçük kızımız Laura artık 9 yaşında. Rahatsızlığın olumsuz yönlerini elimizden geldiğince azalttık. Sosyal aktivitelere kendi isteğiyle katılıyor, insanlarla etkileşime geçmekte eskiye göre daha başarılı. Karşısındaki kişinin gözlerine bakarak konuşmaya çabalıyor. Ve daha birçok konuda gelişme gösterdi.

Onun özel bir çocuk olduğunu anladığım an, hayatta kendimi en savunmasız hissettiğim andı sanırım. Ancak hemen kendimizi toparlayıp kızımızın başarabildiklerine odaklandık, onu destekledik. Laura bana çabalamayı, güçlü olmayı ve istenirse başarılabileceğini gösterdi. Bu yolda biz de maddi manevi çok yıprandık ama Laura içimde, varlığından hiç haberdar olmadığım o süper kahramanla tanışmamı sağladı.

O benim hayata bakışımı kökten değiştiren süper gücüm oldu.

Uzaklardan Gelen Hediye

"Baba, koruma ve yardımın,
anne şefkat ve sevginin sembolüdür."

Lâ Edrî

16. yaş günüm, asla unutamayacağım anılarla yüklü bir gündü çünkü 9 ay öncesinde kanserden ötürü kaybettiğim babamdan hiç unutamayacağım, mükemmel bir hediye almıştım. Böyle söyleyince kulağa saçma geldiğinin farkındayım ama oldu işte. En iyisi ben en başından anlatayım…

Babam kendimi bildim bileli hayatımdaki en özel insandı. Bilhassa, küçük yaşta annemi kaybettiğimden beri babamla olan ilişkimiz iyice yoğunlaşmıştı. Bir elmanın iki yarısı denen şey kesinlikle bizdik. Onsuz bir hayatı düşünemezdim bile. Birlikte çok eğlenirdik. Hatta, inanması güç ama arkadaşlarımla takılmak yerine babamla vakit geçirmeyi tercih ederdim. Arkadaşlarımın birinin bile benimki gibi bir babası yoktu; onlar evlerinden, ebeveynlerinden kaçacak delik ararken biz babamla çok sıkı bir takımdık. Maça, sinemaya, alışverişe, tatile… her yere beraber gider ve birlikte vakit geçirmekten delicesine keyif alırdık.

Okul toplantıları yapılacağı hafta herkes karalar bağlarken biz toplantıyı, sonrasında bowlinge gitmek için bir bahane olarak görürdük. Toplantı çıkışı öğretmenlerin şikâyetlerinden bunalan veliler çocuklarına yüklenirken babam ciddi bir sorun olmadığı sürece asla bu tür şeyler için bana kızmazdı. Aslında babam bana hiç kızmazdı! En karmaşık ve zor görünen sorunda bile benimle sakince konuşur, doğru olanı göstermeye çalışırdı. Diğerleri gibi bağırıp çağırmak, kötü sözler söylemek hiç babamın tarzı değildi. Zaten öyle derin bir saygım ve sevgim vardı ki ona karşı, çoğu zaman bir bakışından bile ne demek istediğini anlardım.

Babam bana göre dünyanın en zeki ve en esprili adamıydı. Ondan başka kimse beni böyle güldüremezdi. O benim en çok neyi komik bulduğumu, nelerin beni güldürdüğünü çok ama çok iyi bilir ve nokta atışı yapardı. Beni ondan iyi tanıyan kimse yoktu dünya üzerinde.

Bir gün babamın hastanede olduğunu bildiren bir telefon geldi okula. Okul müdürü beni odasına çağırdığında bir şeylerin ters gittiğini anlamıştım. Babamın hastanede olduğunu, teyzemin birazdan gelip beni alacağını ve babamın yanına götüreceğini söyledi. Babamın bir süredir solgun göründüğünün ve çok yorgun olduğunun farkındaydım ama neler olduğunu bilmiyordum. Sorduğumda da babam her şeyin yolunda olduğunu söylüyordu. Aksini düşünmek istemediğim için kolayca inanmıştım ben de.

Durumlar hiç de benim sandığım gibi değildi. Meğer babam kanserle savaşıyormuş bir süredir ve ben üzülmeyeyim diye benden her şeyi saklamış. Tedavi iyi gitmiyormuş; babam iş yerinde düşüp bayılınca hastaneye yatırmışlar. Böylece benim de haberim oldu. Çok ama çok zor günlerdi. 5 ay boyunca verdiği mücadeleyi bir gece, sabaha karşı kaybetti.

Hayatımda hiç bu kadar acı çekmemiş, hiç böylesine kolum kanadım kırılmamıştı. Bunu tarif edecek sözcük bulamıyorum. Adeta nefes alamıyor, boğuluyordum. Öyle keskin bir acıydı işte.

Ölümünün üzerinden 9 ay geçmişti ve doğum günüm gelip çatmıştı. Hem annesiz hem de babasız ilk doğum günüm olacaktı. Ailem, sevdiklerim, bana öksüzlüğümü hissettirmemek için çırpınıyordu ama elbette gözüm hiçbir şey görmüyordu. Ben odamda kitap okurken teyzem aşağıdan seslenip beni çağırdı. Telefonda benimle görüşmek isteyen biri olduğunu söylüyordu.

İsteksizce aşağıya indim ve ahizeyi elime aldım. Hattın diğer ucundaki adam, saat 21.25'te evde olmam gerektiğini, bana bir paket ve bir mektup getireceğini söyledi. Şaşkındım. Kimden olduğunu sorduğumda aldığım cevap beni şoka uğrattı. *"Babanızdan..."* dediğinde kekeleyerek karşılık vermeye çalıştım ama başaramadım.

Önce birilerinin bana kötü bir şaka yaptığını düşündüm ama hayır, 21.25 özel bir saatti. Bunu herkes bilemezdi. Doğum saatimi ancak annem ve babam bilebilirdi.

Söylenen saatin gelmesini sabırsızlıkla ve biraz da korkuyla bekliyordum. Pasta kesimini beklettim, babamın hediyesini almadan doğum günümü kutlamak -ki zaten ortada kutlanacak bir şey yoktu- istemiyordum. Vakit geldiğinde kapı çalındı. Sanki kapıyı açacakmışım ve karşımda babamı bulacakmışım gibi heyecanlıydım. İyi giyimli bir adam duruyordu karşımda. Gülümseyerek, "Şaşkınsınız biliyorum. Babanızın ölümünden önce vasiyet ettiği üzere, doğduğunuz saat olan 21.25'te size doğum günü hediyenizi getirdim. İyi ki doğdunuz küçükhanım," dedi ve elime, üzerinde zarf olan küçük bir kutu tutuşturdu.

Ne diyeceğimi bilmiyordum. Doğrudan odama gidip kutuyu açtım. İçinde, sadece üçümüzün -annem, babam, ben- fotoğraflarının olduğu bir albüm vardı. Gözyaşlarıma hâkim olmam imkânsızdı. Her bir fotoğrafa en az 10 kez uzun uzun baktım. Öyle harikaydılar ki…

Sıra zarfa gelmişti.

İçinden çıkan mektubu okudum.

Benim küçük pamuk şekerim,

Doğum günün kutlu olsun.

Bedenen orada olamasak da annen ve ben ruhen daima yanındayız. Seni seviyor, seninle gurur duyuyoruz. Bu ilk yalnız doğum günün ama aslında biz hep seninleyiz, sakın bunu unutma.

Seni çok ama çok seviyoruz.

Baban

Beni başka hiçbir hediye bu kadar mutlu edemezdi. Babamın sıcaklığını, annemin şefkatini yeniden üzerimde hissettim. Babamın, üzerime kâbus gibi çöken o hasta, perişan görüntüsünü bu mektup sayesinde hafızamdan sildim çünkü o, sadece bedenden ibaret değildi ve hep yanımda olmaya devam edecekti.

O günden beri neşeli ve mutlu günlerimizdeki haliyle anıyorum onu ve annemle babamın hep yakınımda bir yerlerde olduğunu bir an olsun aklımdan çıkarmıyorum.

Bir akşamüstü
pencerenden bakıyordun
Ağır ağır, yollara
inen karanlığa.
Bana benzeyen
biri geçti evinin önünden.
Kalbin başladı
hızlı hızlı çarpmaya...
O geçen ben değildim.

Özdemir Asaf

'Huzur' Evi

Hayat hoş bir melodi gibi gelir kulağa neşen varsa.
Kendini bundan mahrum bırakma!

H.W.Byles

İçmimar olan Sarah, huzurevi müdiresiyle olan randevusuna gecikmişti. Huzurevleri oldu olası içini sıkar, nefesini keserdi. Yaşlıları severdi ama yaşlanmaktan çok korkardı. Yaşlandığında, evinde bir başına ölüp giden ve öldüğü günler sonra anlaşılan büyükannesininki gibi bir sonu olmasından çok korkuyordu. Yaşlı insanları görmek hep bu korkusunu hortlatıyordu. Dolayısıyla huzurevi gitmek isteyeceği, gitmek istediği türden bir yer değildi asla.

Evde durumlar da pek iç açıcı değildi. Neredeyse her gün sudan sebeplerle tartışıyor, kavga edip kapıları sertçe çarpıp köşelerine çekiliyorlardı. Kadının hayatında bir türlü dolduramadığı dipsiz bir boşluk vardı adeta. Bu boşluk, inadına her geçen gün daha çekilmez bir hal alıyordu sanki. Aslında her şey bebeğini kaybettiği gün başlamıştı. Onu kucağına aldığı gün, daha kokusunu içine çekemeden elinden kayıp gitmişti. Hastanede kaptığı bir mikrop yüzünden öldüğü söylenmişti. Bu kadar kolaydı onlar için. Dünya başına yıkılmıştı Sarah'nın. Üzerine çöken o kara gün, kadının hayatını altüst etmiş; tozu dumana katmış ve giderken de içindeki tüm neşeyi, tüm yaşama sevincini ve umudu çalıp gitmişti. O günden sonra da neredeyse her şeyden nefret eden, sevgisiz birine dönüşmüştü.

Eşiyle tartışıp evden çıktığı ilk gün değildi elbette ama bu kadar "sevimsiz" bir yere gitmek zorunda olduğu için her zamankinden daha gergindi. İçi ferah ama zevksiz ve yanlış döşenmiş huzurevini incelerken bir yandan notlar alıyor bir yandan da yaşlıları izliyordu. Taptaze bir bebeğin ölümü, onda yaşlılara karşı bir kızgınlık yaratmıştı. Adeta onların yaşamalarının gereksiz olduğunu düşünür hale gelmişti. Bir yandan da büyükannesinin acı sonunu düşünüp içten içe yaşlılara üzülüyor, merhamet ediyordu. İçi karmakarışıktı yani…

Köşedeki berjerde oturan bir ihtiyar, elinde tuttuğu fotoğrafa bakıp gözyaşlarını siliyordu. *Kim bilir neler düşünüyor,* diye iç geçirdi. İkinci kata çıkarken, katın orta yerindeki salondaki yaşlıların neşeli kahkahalarını duydu merdivenlerde. Alt kattaki ihtiyarın aksine bu kattakiler gülüp eğleniyordu. *İnsan huzurevinde nasıl olur da gülecek şey bulur, hayret…* diye geçirdi içinden.

Bir grup ihtiyar, canlı renkli kazağıyla ilk anda göze çarpan birinin etrafında toplanmıştı. Sırtı dönük olan bu kişi, Sarah'nın ilgisini çekmişti.

"Belki de bugün için özel olarak kiralanmış bir konuşmacı ya da eğitmendir," diye söylendi. Kadına bakakalmış olacak ki ihtiyar bir adamın, "Betty!" dediğini duydu.

"İsmi Betty. Buranın neşesidir o."

Sarah'nın umursamaz bakışlarıyla karşılaşan ihtiyarın yüzündeki gülümseme anında silinip gitti ve sessizce uzaklaştı. Ortalığı neşeye boğan bu kadını merak eden Sarah, bir bahane buldu ve eğlenen kalabalığın olduğu yöne ilerledi. Gördükleri onu şaşkına çevirmeye yetmişti. Karşısında başında peruğu, cıvıl cıvıl giysileriyle 80 yaşlarında bir kadını göreceği aklının ucundan geçmezdi. Ağzı kelimenin tam manasıyla açık kalmıştı. Seneler sonra ilk kez bir insana böylesine ilgi duymuştu. Sebebini bilmiyordu. Bir şekilde bu çekim alanına girmişti. "Bu kadını tanımam gerek," dedi.

Öyle de yaptı.

Huzurevine gittiğinde bir fırsat yaratıp Betty ile tanıştı. Yanına çekingence yaklaşmıştı ama Betty büyük bir şefkat ve sevgiyle karşılamıştı onu. Sanki içinde sakladığı acıyı biliyor ve o hassasiyetle davranıyordu. Bu mutlu yüzüne rağmen aslında hikâyesi oldukça hüzünlüydü. Betty evi yandığı için huzurevine yerleşmişti. Hayattaki tüm akrabaları dünyanın farklı yerlerine serpilmişti ve o bu ülkede yapayalnızdı. "Burası çoğu kişi için sıkıcıdır, hatta boğucudur ama ben neredeyse Tanrı'ya şükredeceğim evim yandığı için. Bizim bilmediğimiz, göremediğimiz güzellikler gizliyor yaşadıklarımızın içine. Bir yangın ne kadar iyilik getirebilir ki bir insanın başına? Bak, bana onlarca dost ve sıcacık bir yuva kazandırdı," dedi Betty.

Betty ile sıkça sohbet eder olmuşlardı. Betty hayata olan bu sıradışı bakışı ile Sarah'nın yaralarını iyileştiriyordu nazikçe.

Üzücü bir detay daha vardı: Betty kanserdi. Devlet desteğiyle tedavi görüyor ve söylediğine göre, her geçen gün kendini daha da genç ve sağlıklı hissediyordu.

"İyileşiyorum, merak etme," diyordu.

"Bu hastalık olmasa, yaşadığım diğer sorunların içinde boğulabilirdim belki de," demişti her zamanki neşeli haliyle. Ağzından çıkan her cümle etrafa umut saçıyordu.

İçmimar Sarah içine sıkıntı veren o binayı güzelleştirdikçe Betty de onun ruhunu güzelleştiriyordu. Bahaneler yaratıp Betty'yi görmeye gidiyor, bazen saatlerce yanında kalıyordu. Uzun sohbetler ediyorlardı.

"Ölen bir bebeğin olsaydı, bundan da hayatın bir hoşluğu olarak bahsedebilir miydin?" diye sordu günün birinde. Çelik gibi sinirleri vardı ve bunu sorarken gözleri dahi yaşarmamıştı ama Sarah durumun farkındaydı.

"Hayatta başına gelen her şeyin mutlaka bir anlamı, bir maksadı vardır. Bunu sakın unutma," demişti.

Betty'yi ilk kez bu kadar üzgün görüyordu.

"Bu anahtarı al. Sende kalmasını istiyorum. Ben öldüğüm zaman, ki merak etme hemen gitmeye hiç niyetim yok, buradaki özel kasamı açıp evraklarımı al. Yapman gerekenler orada yazılı olacak." Şaşkınlık içinde anahtarı alıp çantasına koydu.

Sarah gereksiz detaylara boğduğu hayatını geride bırakmıştı. Betty ona umudu, yaşama sevincini yeniden aşılamıştı. Bina baştan yaratıldı. Tıpkı Sarah'nın hayatı gibi.

Betty dünyadan göçüp gidene dek Sarah onu hiç ihmal etmeden ziyaret etti. O acı gün geldiğindeyse denileni yaptı ve Betty'nin kasasını açtı. İçerisinde birtakım kâğıtlar ve fotoğraflar vardı. Fotoğraflarda küçük bir kız çocuğu ve Betty vardı. Gençliğinde çok güzel bir kadın olan Betty'yi tanımıştı ama bu yanındaki kız da kimdi? Betty kimsesi olmadığını söylemişti. Fotoğrafı ters çevirdi.

Betty & Sarah

25/07/1952

Benim küçük meleğimin 3. doğum günü

Seni seviyorum kızım…

Diğer fotoğraflarda da Betty ve kızı Sarah vardı. Betty'nin bir kızı vardı ve adaşıydı. Sarah çok şaşırmıştı. Sonra üzerinde adı ve soyadı yazılı olan bir kart gördü.

"Sevgili Sarah,

Güzel kalbindeki yaraların tüm bedenini kaplamasına asla izin verme. Onlarla savaş. Çünkü ben de öyle yaptım. Benim küçük Sarah'ım lösemiye yenik düştüğünde bütün dünya başıma yıkılmıştı. Beni ayağa kaldıran şey bu acıya savaş açmak oldu. Varımı yoğumu küçük bebeğimi benden çalan o hastalıkla savaşan çocuklara destek vermek için kullandım. Şimdi de senden tüm mal varlığımı lösemili çocuklar yararına harcamanı istiyorum. Bu senden son isteğim. O sorduğun soruya gelince, cevabım yine evet. Tanrı kendimizi bulmamız için bize işaretler gönderir. Sen de bu işareti iyiye yor ve hayatta kalanlar için iyi bir şeyler yap."

Sarah gözyaşlarını tutamamıştı. Kartı sessizce bağrına bastı. Söylenileni yaptı ve tüm miras işiyle yakından ilgilendi. Sarah artık o eski huysuz ve sevgisiz kadın olmaktan çok uzaktı. Betty ona hem varlığıyla hem de yokluğuyla büyük dersler vermişti. Umutsuzluğa kapıldığı her an Betty'yi anımsamak ona yaşama gayesini yeniden anımsatmıştı.

Bir İnsan, İki Hayat

"Sevmek fiilinden sonra gelen dünyanın en güzel fiili yardım etmektir."

Bertha von Suttner

Eşim ve on dört yaşındaki oğlumuz Jan ile birlikte hastaneden çıkıp eve dönmek üzere arabamıza yürüyorduk. Ayaklarımız o hastaneden uzaklaşıyordu evet ama yüreğimiz yoğun bakım ünitesinin kapısında kalmıştı sanki…

Biricik evladımız Zoe oradaydı. 5 yaşındaki kızımızın minicik kalbindeki delik artık onun tek başına hayatını sürdürmesine izin vermiyordu. Nakil için sırada bekliyorduk ancak yeterli zamanımızın olmadığının da farkındaydık. Doktorlar, ellerinden gelen her şeyi yaptıklarını ancak bizi içeri alamayacaklarını belki de onlarca kez açıklamışlardı bize. Bir gelişme olduğunda bize haber vereceklerini ve o zamana kadar da Zoe'yi sürekli gözlerinin önünde tutacaklarını bize bildirdiler ve evimizde beklememizi söylediler.

Genç doktorumuz Linda şöyle demişti: "Siz burada durarak kendinizi tüketiyorsunuz ancak Zoe o kalp nakli ameliyatını olduktan sonra size çok ihtiyaç duyacak. Size ve enerjinize ihtiyacı olacak. Gidip dinlenin lütfen, kendinizi toparlayın. Biz buradayız, size en ufak bir gelişmeyi bile haber vereceğiz."

Bütün bunların ardından bir haftayı aşkın süredir dolandığımız koridorlardan uzaklaşıp arabamıza gelmiştik. Yol o kadar uzak gelmişti ki... Sanki yarım saat ötedeki evimize değil de dünyanın bir diğer ucuna gitmiştik.

Eşim çok bitkin bir haldeydi. Eve geldiği gibi kendini duşa atmıştı. Oğlum Jan ise çok üzgündü. Minik kız kardeşinin o kocaman makinelere bağlı bir halde yoğun bakımda yatıyor olmasını kaldıramıyordu. Başını iki elinin arasına aldı ve gözlerinden yaşlar dökülmeye başladı. Yapabileceğim tek şey gidip ona sarılmaktı. Elimden başka hiçbir şey gelmiyordu ve ben de öyle yaptım.

Zoe'nin doğduğu günü daha dün gibi hatırlıyorduk hepimiz. Zorlu bir doğum olmuştu. Zoe'nin kalbindeki rahatsızlık doğumdan sonra fark edilmişti. Daha o zamandan itibaren bazı önlemler alınmıştı ancak Zoe daha üç yaşındayken nakilden başka bir şans olmadığına karar verilmişti. O günden beri geçen iki yıl içinde durum her geçen gün daha kötüye gidiyordu. Son bir haftada ise doktorlar Zoe'nin hastanede kalması gerektiğine karar vermiş ve nakil sırasında onu en üstlere çıkarmışlardı.

Evdeyken saatler geçmek bilmiyordu. Hepimizin üzerinde öyle bir ağırlık vardı ki hiçbir konuda normal bir iletişim kuramıyor, konuşamıyorduk. Doktor Linda'nın görevlendirdiği bir hemşire bizi günde iki üç kere arayıp Zoe'nin durumu hakkında bilgi veriyordu.

Hastaneden eve dönüşümüzün üzerinden bir hafta geçmişti. Bu sürede üç kez ziyarete gitmiştik. Evde zaman geçirmeye çalıştığımız bir cumartesi günü telefon çaldı. Doktor Linda bizzat kendi arayıp yanına çağırmıştı bizleri.

"Sakince gelin lütfen, panik olmanıza gerek yok. Sadece sizlerle bir şey konuşmak istiyorum..." demişti.

Hemen arabamıza atlayıp hastaneye gittik. Doktorun ofisine girdiğimizde nefes nefeseydik. Doktor Linda bizi her zamanki sakinliğiyle karşılamış ve oturmamızı söyleyerek bize birer çay ikram etmişti. Zoe'nin durumunda bir değişiklik olduğu belliydi ama iyi miydi kötü müydü anlayamıyorduk.

Doktor Linda söze şöyle başladı: "Biliyorum bu durum sizin için çok zor. Ama üzülerek söylemeliyim ki Zoe için yapabileceğimiz hiçbir şey kalmadı artık. Bu sabah yaşadığı bir krizden sonra beyin fonksiyonları tamamen durdu. Şu anda onu yalnızca makinelere bağlı olarak yaşatabiliyoruz."

Bu kelimelerle birlikte üçümüz de kaçmaya çalıştığımız ancak nihayetinde yakalandığımız o korkunç sonla yüzleşmiştik. Ne yapacağımı bilmez halde etrafıma bakınmaya başladığımda Doktor Linda'nın söyleyeceklerinin henüz bitmediğini fark ettim.

Elinde 2 dosyayla bize doğru yaklaştı.

"Şu an bunları konuşmak istemeyeceğinizin farkındayım ama sormak zorundayım. Evet, Zoe'yi kaybettik ama onun gibi organ nakli listesinde bekleyen iki evladımıza yardım etme şansınız var."

Böyle ağır bir haberin ardından bir şeyler daha duymak, bir şeylere karar vermek çok zor geliyordu.

Eşim Jenny şiddetle ayağa kalktı ve "Benim kızım öldü! Kızımı kaybettim ve şimdi benden onun organlarını dağıtmamı istiyorsunuz!" diye bağırmaya başladı.

Ona sıkıca sarıldım ve birlikte dışarı çıktık. Jan da arkamızdan gelmişti. Hastane koridorunda yalnızca üçümüz varmışız gibiydi. Hemşirelerden biri, bizi kızımızın yanına götürdü. Zoe hiç de gitmiş gibi görünmüyordu. Sanki oradaydı. Ama biliyorduk ki onu hayatta tutan tek şey şu ruhsuz seslerin sahibi olan makinelerdi.

Ne yapacağımızı bilemez halde oturuyorduk. Doktor Linda'yı uzaklardan bize doğru yaklaşırken görünce biraz gerildiğimi itiraf etmeliydim. Mantığımla düşünebildiğimde haklı olduğunu görebiliyordum. Zoe için de böyle uğraşmıştı. Canını dişine takmıştı. Şimdi de uzanıp da kurtarabileceği diğer hayatları düşünmeye başlamıştı. Jenny'nin onu görünce vereceği tepkiden korkuyordum biraz. Ama hiç de beklediğim gibi olmadı. Doktor Linda oturduğumuz koltuklara yaklaştığında Jenny olduğu yerde doğruldu. Gözleri, Linda'nın elindeki dosyalara kaydı.

"Lütfen bana gösterir misiniz? Zoe şu anda organlarıyla kimlere yardım edebilir durumda?" dedi.

Doktor Linda da bu tepkiyi beklemiyordu. Heyecanla yanımıza oturdu ve dosyalardaki çocukları bize tanıtmaya başladı. Üç dört yaşlarındaki iki kız çocuğu vardı. Birinin karaciğer diğerinin de böbrek nakline ihtiyacı vardı. Jenny bütün ayrıntıları duyana kadar asla sesini çıkarmadı. Her şey bittiğinde ise, "Tamam," diyebildi sadece.

Ben ve Jan onun alacağı karar doğrultusunda ilerlemeye hazırdık ve öyle de oldu. Hemen evraklar imzalandı. Her şeyin bittiğini hissetmek Jenny'yi mahvetmişti. Geçirdiği baygınlıkla birlikte bizi bir odaya yerleştirdiler. Akşam saatleri olmuştu. Jan odanın köşesindeki koltukta uyuyakalmıştı. Jenny hasta yatağında hâlâ bilinçsiz bir şekilde uyuyordu. Ben de gözlerimi gecenin karanlığına dikmiş, camın önünde ayakta duruyordum.

O sırada içeriye kucağında kocaman bir çiçekle bir hemşire girdi. Çiçeği bana doğru uzattı. Üzerindeki notu okumak için kâğıdı elime aldım.

"Kaybınız için çok üzgünüz. Bize bir hayat verdiniz, çok teşekkürler. Kızımız iyileştiğinde sizleri ziyaret etmek istiyoruz, lütfen kendinize iyi bakın..."

Bu notla birlikte gözlerim dolu dolu olmuştu. Elimdeki not ile birlikte eşimin yanı başındaki koltukta uyuyakalmıştım.

Sabah Jenny'yi gözyaşları içinde elindeki fotoğrafa bakarken gördüm. Yanına gidip o fotoğrafa baktım ve neşeli bir kız çocuğunun 3. yaş doğum gününde çekilen bir kare olduğunu gördüm. Hemşire ben uyurken gelip bu fotoğrafı bir zarf içinde Jenny'ye teslim etmişti. Arkasında şöyle yazıyordu: "4. yaş gününü kutlayabileceğimizi sanmıyorduk. Bu gülüşe bir can verdiğiniz için teşekkürler. O artık sizin de kızınız..."

Ben de elimdeki notu Jenny'ye okuttum ve birlikte gözyaşlarına boğulduk. Sesimize uyanan Jan da elimizdekiler gözden geçirdi ve "Zoe öldü evet ama bizden gitmedi. İki kız kardeşim oldu gibi hissediyorum," diyerek durumu çok olgun karşıladı.

Toparlanmamız çabuk olmadı evet ancak Zoe'nin ölümünün üzerinden geçen 5 sene içinde yaralarımızı yavaş yavaş sardık. Zoe'nin ölümüyle hayata dönen Sally ve Nadia'yı sık sık ziyaret ediyor ve onlarla birlikte Zoe'ye olan özlemimizi gidermeye çalışıyoruz.

Tüm bu olanlardan öğrendiğimiz en çarpıcı şey ise organ bağışının ne kadar önemli olduğu... Bir insanın bazen iki hatta üç ya da dört hayat anlamına gelebileceğini bu şekilde öğrendik. Bu konuda etkinlikler düzenleyen birçok derneğe üyeyiz ve toplantılarına Sally, Nadia ve aileleriyle birlikte katılıyor ve insanları buna teşvik için uğraşıyoruz.

Biz kalbimizdeki boşluğu böyle doldururken Zoe'nin de uzaklardan bir yerlerden bizi izleyip gülümsediğini hayal edebiliyoruz.

İyilik Seni Bulur

İyilik, hiçbir zaman boşa gitmeyen bir yatırımdır.

Henry David Thoreau

Nihayet zamanı gelmişti, kızım doğuma alınacaktı. Bu hem coşkulu hem de korkutucu bir deneyimdi. Tek isteğimiz Tiffany ve bebeğin sağlıklı bir şekilde hastaneden eve dönmeleriydi. Hayatımız buna odaklıydı. Son bir haftadır ev halkı Tiffany her an sancılanacak diye diken üstünde yaşıyordu. Her akşam yemeğinde benzer konuşmalar yapılıyordu:

"En ufak bir rahatsızlık hissedersen hepimizi uyandır."

"Kalkamayacak gibi olursan cep telefonundan bizi ara."

"Geçer diye bekleme, hemen birimizi çağır."

Tiffany'nin hamileliğini daha da hassas hale getiren bir özel durum sözkonusuydu: 5 aylık hamileyken aldatıldığı için, Tiffany kocasını terk edip bizim yanımıza yerleşmişti. Boşanma davası açmıştı. Yaşadığı bu travma yüzünden erken doğum yapacak ya da bebek zarar görecek diye ailecek çok endişeliydik. Ancak Tiffany beklediğimizden daha güçlü biri olduğunu bu süreçte ortaya koymuştu.

Ve nihayet tam da beklenen zamanda Tiffany'nin doğum sancıları başladı. Kızım bizi telaşlandırmamak için olsa gerek, gayet sakin görünüyordu ama benim elim ayağıma dolanmıştı daha şimdiden. Çocuklar gibiydim ama bir yandan da çok korkuyordum. Bu işin sonunda kızımı ya da torunumu kaybetme düşüncesi en büyük kâbusum olmuştu. Artık bitsin ve küçük meleğimizi kucağımıza alalım istiyordum.

Belki 100 kez tekrar tekrar kontrol ettiğimiz hastane çantasını alıp yola koyulduk. Hastane, evimize pek yakın değildi. Yolda Tiffany'nin sancıları gözle görülür şekilde şiddetlendi. Çok endişeliydik; hastaneye varmak için son hızla yol alıyorduk. Bir ara eşim, "Sanırım ileride bir kaza var, yanıp sönen ışıklar görüyorum," dedi.

Tiffany'yi doğuma yetiştirmeye öyle odaklanmıştık ki, orada durmak aklımızın ucundan bile geçmedi.

"Baba, durup yardıma ihtiyaçları var mı diye bakalım," dedi Tiffany.

Bir anda afalladım.

"Ama kızım..." diyecek oldum ki Tiffany sözümü kesti: "Birkaç dakika daha dayanabilirim anneciğim. Lütfen duralım," dedi.

Yüzüne baktım, kararlılığı içimi rahatlatmıştı.

Tiffany'nin bu sözlerinin üzerine yardım bekleyen aracın yanına yanaştık. İki göz iki çeşme ağlayan orta yaşlı kadın kollarıma atıldı: "Kocam direksiyonda fenalaştı. Lütfen bizi hastaneye götürün," diye yalvardı. Öyle zor durumdaydı ki...

Araba kullanmayı bilmediği için otobanda gecenin karanlığında kalakalmıştı. Öyle üzüldüm ki... Benim iyi kalpli Tiffany'm kendi canı pahasına da olsa durmamızı istedi ve bu gözü yaşlı kadına yardım eli uzatmamızı sağladı. Hemen adamı arabaya taşıdık ve hastanenin yolunu tuttuk.

Tiffany yolda fenalaştı, çok zor durumdaydı. Onu öyle gördükçe içim parçalandı. Hiç ama hiç durmadan dua ediyordum. Hastaneye vardığımızda bilinçsizce sayıklıyor gibiydi. Tiffany'yi acilen doğumhaneye aldılar. Fenalaşan adamı da hemen müdahale etmek üzere sedyeye taşıdılar.

Doğumhanenin önünde eşimle birlikte durmadan dua ederek bekliyorduk. 1 saat olmuştu ama içeriden bir haber alamamıştık. Bir şeylerin ters gittiğini hissediyordum. Bir anne olarak bir yanım, *"Burada ne işin var? Hemen kızının yanına git..." diyor, diğer yanımsa, "Bırak da işlerini yapsınlar, onlara engel olma!"* diyordu. Kararsızdım.

Bir ara yolda arabaya aldığımız bayanı gördüm. Gülümseyerek bize doğru koştu ve bana sarılıp ağlamaya başladı. Eşi kalp krizi geçirmiş ama tam zamanında yetiştirdiğimiz için tehlikeyi atlatmış. Bize durmadan teşekkür ediyordu. O esnada doğumhaneden çıkan hemşire hemen yanımıza geldi.

Kana ihtiyaçları olduğunu ancak hastanede Tiffany'nin kan grubundan yeteri kadar bulunmadığını söyledi. Deliye dönmüştüm. Kullandığım ilaçlar nedeniyle ona kan vermem mümkün değildi; babasınınki de uymuyordu.

"Doğumu zor geçiyor. Kana ihtiyacımız var, elimizi çabuk tutmalıyız," dedi hemşire. Yüz ifadesi, kızımın durumunun iyi olmadığını açıkça anlatıyordu.

"Benim kan grubum genç kadınınkine uyuyor. Ben kan verebilirim," dedi yolda yardım ettiğimiz kadın. Kekeleyerek, "Tanrım," diyebildim sadece. Bu kez de onun kollarında gözyaşlarına boğulma sırası bendeydi.

"Haydi gidip gereken işlemleri yapalım," dedi. Acele etmeliydik. Zamanla yarışıyorduk.

Martha, Tiffany'ye kan verdi ve kızım tam zamanında gelen kan sayesinde sağ salim atlattı doğumunu. Dünya tatlısı torunum da sağlıklı şekilde geldi dünyaya.

Tiffany ilk gün pek kendinde değildi; sürekli uykuya dalıyor ve sayıklıyordu.

"Bağırma anne, seni duyabiliyorum," diyordu sıklıkla. O gün çoğunlukla böyle geçiyordu. Ertesi gün kendine gelmiş, toparlanmıştı. Çok ama çok zor bir günü geride bırakmıştı.

Ona Martha'dan ve sayesinde ölümden dönen eşi Richard'dan bahsettim. Zor geçen doğumunu tekrar hatırlatmamak adına Martha'nın kan verişini tekrar konu etmedim. Tiffany gülümsedi.

"Kimsenin hayatını kendimizinkinden değersiz görmemeliyiz, anneciğim. Bunu bize sen öğretmiştin," dedi. O mükemmel bir evlattı. Altın gibi bir kalbi vardı ve tam bir savaşçıydı. Bunca olumsuzluk içerisinde yavrusunu dünyaya getirmeyi başarmış, bunun için çabalarken de başkalarının hayatlarına duyarsız kalmamıştı.

"Uykunda hep sayıklıyordun tatlım. Bana bağırmamamı söylüyordun, seni duyabiliyorum diyordun. Anlayamadım neden böyle söylediğini," dedim.

"Ah, o kadar yüksek sesle dua ediyordun ki ben doğumdayken… Tam her tarafım uyuşmuş ve kendimi salıverecekken senin bağırarak ettiğin dualarla irkiliyordum. Duaların beni kendime getiriyordu. Adeta uykudan uyanır gibi sıçrıyordum anne," dedi gülümseyerek, "Sesin kısılacak diye korktum."

O an tüylerim diken diken oldu. Sanki buz kestim. "Tatlım, ben doğumda yanında değildim," dedim.

Tiffany gülmeye başladı. "Bağıra çağıra dua ettiğin için kendinden utandın değil mi anne!" diye işi şakaya vurdu.

"Ben doğumhanenin önündeydim canım, beni içeriye almadılar… Çünkü durumun kritikti. Bir saatten fazla sürdü doğumun. Hatta acilen kana ihtiyaç duyulduğu için Martha sana kan verdi ve hayatınızı kurtardı," dedim.

İnanılmazdı. Ne diyeceğimi bilemiyordum.

Tiffany bir süre sessizce bekledi. Sonra, "Anneciğim, benim tek hatırladığım şey senin dualarındı. Belki beni alt etmeye çalışan o uyuşukluk ölümdü ve ben her kendimi bırakacak gibi oluşumda senin bağırışlarınla güçlenip ayakta kaldım. Seni seviyorum," dedi.

Bu, asla unutmayacağım bir anıydı. Benim melek kızım, hayatı pahasına yaptığı o iyilikle birinin hayatını kurtarmış, karşılığında da kendi hayatı kurtulmuştu. Bu muazzam olay yetmezmiş gibi Tanrı benim varlığımı hissettirerek Tiffany'yi ve bebeğini hayata bağlamıştı. Mucizelerle dolu bir gündü.

Bu mucizelerle dolu ve hiç unutulmayacak gün için, nefes aldığım sürece Tanrı'ya hiç bıkmadan şükredeceğim.

Yaşamın Anlamı

"Hayatı kaybetmekten daha acı bir şey vardır, yaşamın anlamını kaybetmek."

Senaca

Devlete bağlı bir hasta bakım merkezinde fizik tedavi uzmanı olarak görev yapıyordum. Bu işte 7. yılıma girmiştim. Okulu bitirir bitirmez işe başlamıştım ve hâlâ aynı birimde görev yapmaktaydım.

Bu süre zarfında çeşit çeşit insan tanımış, belki binlercesinin hikâyesini dinlemiştim. İşimi severek yapıyordum; zor olmasına rağmen ruhumu doyuran bir yanı vardı benim gözümde. İnsanları seven, dertlerini dinlemekten sıkılmayan ve yardım etmeye açık bir yapım olduğundan ötürü hastalarımla çok derin bağlar kurduğum zamanlar oluyordu. İşte bu derin bağlardan biri, sevgili hastam Mike ile aramızda kurulmuştu.

Mike ile tanıştığımız günü dün gibi hatırlıyorum. Terapi için gideceğim hastamın dosyası önüme koyulduğunda buz gibi havada filtre kahvemi yudumluyor, kara bürünmüş şehri izliyordum.

Dosyayı göz atmak için elime aldım. Sıradan gözüküyordu. İhtiyar bir adamın bu karlı havada düşüp kalçasını kırması kadar doğal ne olabilirdi ki? Her zamanki rutin bakımlardan biri olacak, diye düşünmüştüm. Ancak bu diğerlerinden farklı bir deneyim olacaktı benim için.

Mike'ın evine gittiğim gün kapıyı orta yaşlı bir kadın açtı, beni güler yüzle karşıladı. Evin içine adım atar atmaz başım dönmeye başladı çünkü kadın beni içeri buyur etmek için yana doğru çekilince sanki bitmek tükenmek bilmeyen bir eşya yığınıyla karşı karşıya kaldım. Korkunç bir manzaraydı. Kim, neden yaşasın bu evde, diye düşündüm. Tüm o eşyalar, üzerindeki tozlar ve yığınların altında kalmış ölü yaratıkları düşünmek başımı döndürdü.

Benim şaşkın halimi görmüş olan kadın gülümsedi ve "Bu eve ilk giren herkes böyle tepki verir. Şey, Mike istifçidir. Yani senelerdir eşya toplar. Haydi içeri gel," deyip bir şey sormama fırsat vermeden içeriye doğru yürümeye başladı.

"Sen de Mike gibi düşüp sakatlanma, dikkatli ol," diye ekledi fısıldayarak. Mike'ın evin içinde düşüp sakatlandığını anlamıştım.

İçerisi, koridordan daha beterdi. Koca bir eşya yığını, masa olduğunu tahmin ettiğim -çünkü görünmüyordu- bir şeyin üzerinde duruyordu. Etrafı da toz içindeki ıvır zıvırla doluydu. Raflar örümcek ağlarıyla sarılmıştı. Bir korku filmi setindeydim adeta.

Sonra Mike ile göz göze geldim. Onun o masum ve bulanık mavi gözlerine bakınca bir an için çok üzüldüm. Ev yaşanmışlıklar mahzeni gibiydi ve çok kasvetliydi.

Bana kapıyı açan kadın, "Benim eve geçmem lazım tatlım. Yandaki evde oturuyorum. Mike'ı her gün görmeye gelirim. Kazadan sonra tedavi uzmanı geleceğini söyleyince sana kapıyı açmak için geldim. Al bakalım, anahtar sende kalsın. Bir dahakine kendin girersin," dedi gülümseyerek ve gitti.

Arkasından bakakalmıştım. Toparlanmam birkaç saniye sürdü. Mike'a kendimi tanıttım. İşimden bahsettim, tedavi sürecini anlattım. Pek ilgilenmişe benzemiyordu aslında. Hep gülümsüyordu. Bir ara bana dönüp konuyla alakasız olarak, "Senin çocukların var mı?" diye sordu.

"Hayır," dedim.

"Benim vardı," dedi.

"Onlardan geriye bu eşyalar kaldı..."

Sonra sustu. Ben de uzatmadım. Mike'ı üzmek istemiyordum. Tedavisini yapıp çıktım ama aklım onda kalmıştı.

Tedavi günü gelmeden evvel bir boş vakit yaratıp Mike'ı ziyarete gittim. Kapıyı çaldım; bir süre bekledikten sonra anahtarla kapıyı açıp içeri girdim. Koridordan seslenip geldiğimi haber verdim. Mike yine aynı koltukta, elinde bir fotoğraf albümüyle oturuyordu.

Gülümseyerek, "Gel seni çocuklarımla tanıştırayım," dedi. Yanına geçip oturdum. Gösterdiği albüm sayfaları boştu; kimsenin fotoğrafı yoktu. İçim acısa da gülümsedim, içini dökmesine izin vermeliydim. Olmayan fotoğraflara baktıktan sonra kahve yaptım. Sessizlik içinde kahvelerimizi içtikten sonra çıkmak üzere ayaklandım.

"Yine gel," deyip tekrar fotoğraf albümünü eline aldı ve kafasını eğip sayfalarını çevirmeye başladı.

Mike'ın ağır bir travma sonrası bunca eşyayı biriktirdiğini düşünüyordum ve onu bu halde yalnız bırakmak istemiyordum. Eşyalara takılıp yeniden düşmesi ve çok daha ciddi biçimde yaralanması an meselesiydi. Kliniğe dönüp konuyu arkadaşlarımla paylaşmadan önce, yan evde yaşayan komşuyla konuşmak istedim. Biraz bilgi toplarsam işler kolaylaşabilir diye düşündüm.

Kapıyı o gün gördüğüm bayan açtı. Beni gördüğüne şaşırmıştı. Mike'a yardım etmek istediğimi söylediğimde beni içeri davet etti. Sıcak çikolata ikram etti, karşımdaki koltuğa yerleşip anlatmaya başladı:

"Mike benim 30 senelik komşumdur. Zamanında buraların bilinen zenginlerindendi. Karısı Petunia ile birbirleri için yaratılmışlardı; her görenin gıpta ettiği bir çiftti. Petunia, Mike'tan epey küçük ve çok güzel bir kadındı. Birbirlerine çok âşıklardı... Mike çok cömertti; evinde harika davetler verir, dostlarını en iyi şekilde ağırlardı. Tek bir sorunları vardı; çocukları olmuyordu. Seneler sonra, çocuktan ümit kestikleri bir dönemde Petunia'nın hamile olduğunu öğrendik. Hem de üçüz bekliyordu..."

Sanki bir masal dinliyordum.

"Evde muhteşem bir kutlama yapıldı, civardaki tüm saygın aileler geldi. Ancak maalesef... Kutlamadan sonraki hafta korkunç bir olay yaşandı. Mike'ın evine hırsız girdi ve gece aşermeleri yüzünden mutfağa inmiş olan Petunia, hırsızla karşılaştı. Hırsız, çığlıklar atan Petunia'yı bıçaklayıp kayıplara karıştı. Petunia ve bebekleri hastaneye varamadan öldüler. İşte Mike o günden sonra şu gördüğün adam haline geldi. Ölmüş karısına ve doğmamış çocuklarına durmadan hediyeler alıp evini doldurdu. Çok hazin, çok acıklı bir hayat..."

Mike'ın durumu kalbimi acıtmıştı. Onu incitmeden neler yapabileceğimizi konuşmak üzere kliniğe döndüm. Duyduklarımdan çok etkilenmiştim. Mike'ın hikâyesini arkadaşlarımla paylaştım ve hepsi yardımcı olmak için gönüllü oldu.

O günden itibaren her gün, hiç aksatmadan nöbetleşe Mike'ı ziyarete gittik. Gün geçtikçe daha fazla konuşmaya, etrafında olan bitene ilgi göstermeye başlamıştı. Sonra küçük adımlarla evini elden geçirmeye, fazla eşyaları onun da izniyle yardım kuruluşlarına dağıtmaya başladık. Bedensel sağlığı gibi ruhsal sağlığı da iyiye gidiyordu. Hatta düzenli olarak terapiye başladı.

Bir senenin sonunda epey yol almıştık. Her şeyi başa sarıp o berbat olayın başından hiç geçmemiş olmasını sağlayabilseydik keşke... Ancak böyle bir gücümüz olmadığı için Mike'ın yaralarını elimizden geldiğince sarmaya çalıştık. Halen tüm ekip olarak Mike'ı düzenli olarak görmeye gidiyoruz. Hepimizi ayrı ayrı öyle çok seviyor ki o boş albümde artık benim ve arkadaşlarımın fotoğrafları yer alıyor.

Kendiniz İçin Var Olmayı Öğrenin

"Kendini sev,
hayat da seni sevecektir."

Osho

Hayatımızı bir kişiyle ortak yaşamaya başladığımızda kendimizden ödün vermek kaçınılmazdır. İki taraf da beraber ilerleyen yaşama uyum sağlamak adına bazı huylarını değiştirecek, bazı alışkanlıklarından vazgeçecek ve bazı şeyleri mecburen kabullenecektir. Tüm bunlar bir ölçüde olduğunda sorun çıkmaz. Ancak ölçüyü kaçırdığımız durumlarda ne yazık ki yarayı alan ve ileride sonuçlarına katlanan kendimiz oluruz.

Ben de kendimi istemediğim bir noktada bulduğum bir ilişki yaşadım ve hayatım değişti.

Herkesin sevdiği, takdir ettiği ve örnek gösterdiği bir çifttik. Aynı ofiste çalışıyorduk. Yıllar önce bir seminerde tanışmış ve sonrasında Richard benim çalıştığım ofiste göreve başlamıştı. Öncesinden tanışmanın verdiği rahatlıkla ona ofis ortamında destek olmuş ve yeni işine alışmasına yardım etmiştim. Daha sonraları o terfi alıp genel merkeze atanmıştı. Sıklaşan görüşmelerimizin ardından bir ilişkiye başlamıştık ve hatta iki buçuk yılın ardından aynı evde yaşama kararı almıştık.

Zamanla bir şeylerin yolunda gitmediğini görmeye başlamıştım. Ona uyum sağlamak için kendimle ilgili o kadar çok şeyden vazgeçmiştim ki... Birlikte yaşamaya başlama kararı verdiğimizde benden istediği ilk şey kedimi annemin evinde bırakmamdı. Alerjisi olduğunu söylediği için bunu kabullenebileceğimi düşünmüştüm. Canım kedim Fluffy'yi haftada bir iki kez annemi ziyaret ederek görüyor ve onunla hasret gideriyordum. Çocukluğumdan beri benimle olan kedimi annemde bırakmak canımı yakmıştı ama Richard için birçok şeyi feda etmeye hazır bir ruh halindeydim. Richard, hayatımdaki önem sırasında başköşeye kurulmuştu.

Ardından evde kendim için ayırdığım hobi köşemin çok dağınık olduğundan ve boya kokusunun onu rahatsız ettiğinden yakınmaya başladı. Haftada birkaç saati anca ayırabildiğim yağlı boya aşkımdan da bu şekilde vazgeçmiş oldum. Aramızda sorun olmaması için her şeyi törpülemeye çalışıyordum.

Beni sevdiğini düşünüyordum evet ama diğer tarafta ben, ona büyük bir aşkla bağlıydım ve benim açımdan sorun olabilecek birçok şeyi göz ardı ediyordum.

Bir süre sonra eve geç gelmeye başladı. Aradığımda telefonlarına ulaşamıyor, mesajlarıma cevap bile alamıyordum. Geldiğinde ise çok yorgun olduğunu söylüyordu ve ne kadar çalıştığını bilmeme rağmen onu sorguluyor oluşuma kırıldığını ifade ediyordu.

Bütün hayatımın merkezine Richard'ı yerleştirdiğim için uzak kaldığım arkadaşlarımla dertlerimi paylaşamıyordum. Çünkü Richard o hafta sonu evden çıkmak istemedi diye doğum gününe katılamadığım bir arkadaşıma, gidip bu sıkıntılarımdan bahsetmeyi kendime yediremiyordum. Ancak bir yerden sonra nefes alamamaya ve çözüm üretememeye başladım.

Arkadaşlarımın yanı sıra iş hayatıma da mola vermiş gibiydim. Büyük projelerde görev alan, gözde bir çalışanken kısa bir süre içinde sıradan bir çalışan haline gelmiştim. Geldiğim durumu benim de aklım almıyordu.

Sevgi uğruna yaptıklarımı kendi adıma haklı çıkarabiliyor, kendimi ikna edip hayatıma devam edebiliyordum uzunca bir süredir ancak bir yerde tıkanmıştım işte.

Richard ile olan hayatımı bir düzene sokmam gerektiğinin farkındaydım. Bu ilişkiden vazgeçmek istemiyordum ancak bir şeylerin benim lehime düzelmesi gerekiyordu artık...

Ofisteyken ona bir mesaj gönderdim: "Akşam güzel bir yemek hazırlayacağım lütfen erken dön, konuşmamız gerekiyor. Seni seviyorum."

Gelen cevap bile başıma gelecekleri özetliyordu aslında: "Tamam."

Akşam olduğunda son bir güç dalgasıyla mükemmel bir sofra hazırladım. Richard'ı beklemeye başladım. Saatler ilerledikçe yapacağım konuşmaya dair olan umudum da azalıyordu. Saat 9 olduğunda anahtar deliğinden gelen sese doğru döndüm.

"İşlerden kafamı kaldıramadım kusura bakma," dedi ve yanıma geldi. Yanağıma minik bir öpücük kondurup karşıma oturdu.

Yemekleri ısıtmak için mutfağa gittiğimde gözlerime yaşlar dolmuştu. Nasıl bu kadar umursamaz olabiliyordu bana karşı aklım almıyordu.

Yemeğe başladığımızda artık dayanacak gücüm kalmamıştı.

"Ben senin hayatında ne kadar önemliyim?" diyerek zorlayıcı bir soruyu ortaya bırakmıştım.

"Bu da ne demek Ella? Birlikte yaşıyoruz. Sevgilimsin. Neredeyse 3 yıldır beraberiz..." diye bir karşılık aldım.

"Söylediklerinin hiçbiri bir duygu içermiyor farkında mısın? Yalnızca olduğumuz durumu tasvir ediyorsun," dedim.

"O kadar çok düşünüyorsun ki her şeyi, ben de çok bunaldım artık. Sürekli bir arayış, bir sorgulama halindesin ben artık çok sıkıldım."

Bu son cümleyi duyduktan sonra bizim için yapılacak hiçbir şeyin olmadığını ve Richard'a artık aramızdaki sorunları düzeltmeye yönelik çözümlerle gelemeyeceğimi anladım.

Ayrılık kararı aldık.

Richard o gece evi terk etti. Hiçbir şey demeden gitti. Hiçbir şeyi çözmek istemedi.

Büyük bir yıkım yaşadım.

İlk yaptığım şey işten izin almak oldu. Sonra da anneme gidip Fluffy'yi aldım. Hatta bir süreliğine telefonumu ve kalıcı olarak da bütün sosyal medya hesaplarımı kapattım.

Neredeyse on gün boyunca evden bile çıkmayıp kedimle ve tablolarımla vakit geçirdim. Sürekli olarak Richard'a ait eşyalara bakıp ağlama krizleri geçiriyor ve kendimi düşürdüğüm hali gördükçe daha çok üzülüyordum.

Hiçbir arkadaşıma söylemememe rağmen ayrılışımızın üzerinden yaklaşık on beş gün geçtikten sonra telefonlar almaya başladım. Önceleri çok yakın olduğum birkaç arkadaşım üst üste aramış ve nasıl olduğumu öğrenmek istemişlerdi. Kafamı karıştıran bu durumu irdelemek istedim ve lise hayatım boyunca en yakın arkadaşım olan Lisa aradığında onunla bir kahve içmek istediğimi söyledim.

Buluşmaya gittiğimde Lisa'nın yüzünde endişe dolu bir ifade vardı. Beni sımsıkı kucakladı. Bu garipliğine bir anlam vermeye çalışsam da söylemek istediği şeyleri bir türlü söyleyemiyor gibi bir hali vardı. En sonunda sözcükler birer birer döküldü dudaklarından:

"Sen de görmüşsündür sanıyordum ama anlaşılan hiçbir şeyden haberin yok. Ben Richard'la ayrıldığınızı bilmiyordum. Richard'ın bir başkasıyla olan fotoğraflarını her yerde görmeye başlayınca senin iş yerinden tanıdığım Tracey'ye durumu sormak istedim. Bir hafta kadar önce ofisten izin aldığını ama son bildiği şeyin birlikte yaşadığınız olduğunu söyledi. Ben senin için endişelendim, o yüzden aramak istedim..."

İşte şimdi her şey belli olmaya başlamıştı. Richard yüzünden arama mesafeler giren arkadaşlarım şimdi onun beni aldattığını görüyor ve beni merak ediyorlardı.

Duyduklarımı hazmedip kendime gelmem biraz zaman aldı.

Her şeyi sıfırlayıp yeniden başlamak için öncelikle işime geri döndüm. Yanımda olmak isteyen arkadaşlarıma izin verdim... Evde Richard'a ait olan her şeyden kurtulup kendime yepyeni bir yaşam alanı oluşturdum.

Öncelikle kendim için var olmayı öğrenmem gerekiyordu ve bunu başardım. Yaşadığım 3 seneden almam gereken bütün dersleri almış olarak en çok da işime tutundum. Büyük projelerde görev almaya başladım. Daha çok çalışıp daha iyi bir konuma geldim ve yurtdışındaki birkaç iş ilanına başvurdum.

Son dönemlerde dolgunlaşan ve adeta parıl parıl parıldayan özgeçmişimle İngiltere'deki bir finans firmasından kabul aldım. Ailemi burada bırakıp taşınmak benim için zor bir karardı. Ama kendi ayaklarım üzerinde durabilmek adına çok güzel bir fırsat olduğu için bu teklifi kabul ettim ve İngiltere'ye taşındım.

Hiçbir kötü hatıranın olmadığı, yepyeni bir düzen kurdum kendime. Yeni evimde kedime ve yağlı boya hobime de yer vardı üstelik...

Buraya taşınmamın üzerinden neredeyse 2 yıl geçti. Şimdi hayatımda biri var, elbette ki aşka küsmedim. Ancak bu sefer hayatıma aldığım insanın bana gerçekten değer verdiğinden eminim. Ve en önemlisi de onu hayatımda kendimden öne koymuyorum.

Tüm bunlardan öğrendiğim en kıymetli şey ise şu oldu: Bize verilen şu kısacık ömrü, hırslarla, entrikalarla ve acıyla dolu ilişkilerle harcamamamız gerekiyor... Kendimiz için var olmayı öğrendiğimiz sürece hayatımız bir şekilde düzene girecek. Aşk konusunda ise söyleyebileceğim şey şu ki: Biri için değil de biriyle birlikte var olabildiğimiz sürece sağlıklı bir gelecek kurmamak için hiçbir sebep yok... Ayaklarınızın üzerinde durun, kimsenin kalbinizi kırmasına izin vermeyin ve kimse için kendinizden bir şey kaybetmeyin.

Bir yarayı göstermek kolaydır. Hele hele görkemli, büyük bir savaş yarasını. Fakat ufak sıyrıkları göstermek, işte bu cesaret ister.

Leonard Cohen

Hayatın Getirdikleri

"Hayatında olup biten şeylerin, dilediğin şekilde olmasını isteme: nasıl oluyorlarsa, öyle olmalarını iste. Böylece her zaman mutlu olursun."

Epiktetos

Babamın sporla ilgisini bilen ve bununla büyüyen bir çocuktum. Daha biz çok küçükken bile hafta sonlarını asla evde oturarak harcamaz; kardeşimi ve beni mutlaka dışarı çıkarır, oyun oynatır ve maçlara götürürdü.

Çoğu ailede olduğu gibi, büyük çocuk olarak ben uysal ve uyumlu olandım. Abilik görevimi bütün gereklilikleriyle birlikte yerine getirirdim. Kardeşim ise biraz daha şımarık ve başına buyruk büyüyendi.

Ortaokul yıllarına geldiğimde, babamın desteğiyle okulun voleybol takımına katılmak için seçmelere başvurdum. Çok fazla isteyerek atıldığım bir macera değildi bu evet ama işin sonunda gerçekten de büyük bir aşkla takımıma bağlanmıştım. Voleybol, hayatımın en önemli parçası halini almıştı ve hayatımın rotasını da buna bağlı olarak çizme hayalleri kurmaya başlamıştım.

Takıma seçildiğim günden sonra babamın yüzündeki ifade bile değişmişti bana karşı. Sevgi dolu bakışlarını her zaman üzerimde hissediyordum. Kardeşim sporla ilgili aktif bir görevde değildi ama babamla birlikte maçlarıma gelmekten ve beni desteklemekten büyük bir keyif alıyordu. Mükemmel bir ikili haline gelen babam ve kardeşim her maçımda yanımdaydılar. Annem de bol şans dileklerini üzerimden asla eksik etmiyordu.

Lise yıllarımın sonuna doğru ailemle birlikte bir karar almıştık. Voleybola olan bu yeteneğimi harcamayacak ve spor akademisine girmek için uğraş verecektim.

Dönemin sonundaki final maçında yaşanan acı olaya kadar her şey yolundaydı ve bütün hazırlıklar tamamdı... İşte o gün hayatım geri dönülemez bir şekilde yön değiştirdi. Maçın yirminci dakikalarıydı. Smaç için yükseldiğim bir pozisyondan sonra o kadar dengesiz bir şekilde yere düştüm ki, daha o ilk anda bile bir şeylerin ters gittiğinin farkındaydım. İlkyardım ekipleri hemen sahaya geldi. Apar topar sedyeyle dışarıya alındım. İlk müdahale sırasında canım o kadar yanıyordu ki hemen hastaneye doğru yola çıktık. Yapılan testler sonucunda hatırlamak bile istemediğim şeyler işittim doktorumdan. Ayak bileğimdeki bir çatlaktan bahsediyordu. Tendonlar da hasar almıştı. Alçıda geçecek olan uzun bir süreden sonra fizik tedavinin gerekli olacağından bahsediyordu...

Takıma ne zaman dönebileceğimi sorduğumda ise, "Bunun senin için doğru bir kariyer planlaması olacağını düşünmüyorum," diye bir cümle duydum ve devamını dinlemedim bile. Yıllardır hayalini kurduğum her şey birkaç saat içinde yok olmuştu. Hayallerimin yerinde yeller esiyordu...

Eve geldiğimde alçılı bacağımla odama yerleştim ve o yataktan hiç çıkmak istemedim. Bir anlık dikkatsizlikle parlayabilecek bir kariyeri çöpe attığımı düşünüyordum. Babamın yüzüne bile bakamazdım. Onun hayal kırıklığıydım ben... Her şey çöp olmuştu. Bütün emeklerimiz... Bütün o seneler...

Spor akademisi hayallerim de artık geçersizdi. Başka bir bölüm için de hazırlanmak istemiyordum. Hem ben senelerdir hayatımı bu yöne doğru yönlendirdiğim için başka bir yeri kazanabileceğimi de düşünmüyordum zaten.

Annem ve kardeşim sık sık odama geliyorlardı. Beni neşelendirmeye, kafamı dağıtmaya çalışıyorlardı. Ben ise hiçbir şeye tepki veremez bir haldeydim. Babamın yanıma gelmiyor oluşunu bana kızgın oluşuna yoruyordum.

Birkaç ay geçti. Ayağımdaki alçı çıktı ancak hâlâ üzerine basamıyordum. Birkaç seanslık bir fizik tedavi süreci başlamıştı. Sahalara dönmemin mümkün olmadığını düşünüyor, yalnızca normal hayatıma devam edebilmek adına bu tedavilere katılıyordum.

Taksiyle fizik tedaviden döndüğüm bir gün, babamı verandada oturuyorken gördüm. Onunla bu süreçte çok az iletişim kurmuştuk o yüzden yanına gitmeye yeltenemedim ama tam evin kapısına yaklatığımda ardımda onun sesini işittim: "Benjamin, gelir misin oğlum? Seninle biraz konuşalım."

Hemen ona doğru döndüm ve karşısındaki koltuğa oturdum.

"Fizik tedavi doktorunla görüştüm. Birkaç ekstra seansa daha katılırsan voleybola dönmek için bir engelinin kalmayacağını söyledi."

Şaşkınlığımı gizleyememiştim, ağzım açık kalmıştı. İlk doktordan duyduklarımdan sonra bu ihtimali hiç aklıma getirmemiştim.

"Ne kadar rahatladığımı bilemezsin Benjamin. Kendimi aylardır o kadar suçlu hissediyorum ki... Bütün yükü omuzlarına yüklemiş, hayatının tek gayesini voleybol haline getirmiş olmak ve kendini bu kadar yormana sebep olmuş olmak beni bitiriyordu..."

"Baba sen suçluluk duygun yüzünden mi benimle iletişim kuramıyordun? Ben de seni hayal kırıklığına uğrattığımı düşünüp durdum haftalardır..."

"Hiç öyle şey olur mu... Bu süreçte doktorlarınla ve başvurduğun spor akademisiyle sürekli görüşüp durdum. Her şey yoluna girecek oğlum. Bir dönem geç de olsa hayallerine kavuşacak ve eski mutlu günlerine döneceksin..."

Babamla gerçekleşen bu diyaloğumuz gözlerimi doldurmuştu. Ailemin desteğini arkamda hissederek tedavime azimle devam ettim ve bugün olduğum yere geldim.

Pes ederek, vazgeçerek bir yere gelemeyeceğimi erken yaşta zor bir süreçte öğrendim. Ama iyi ki de öğrendim. Şimdi ülkemin en iyi takımlarından birinde kaptanlık yapabiliyorsam eğer, işte bu vazgeçmediğim içindir. Kendimi bırakmama asla izin vermeyen, benim için her şeyi yapmaya hazır olan aileme çok teşekkür ederim...

Beklenmeyen Haber

"Dünyada olduğunu unutma! Başına hem iyi hem de kötü şeyler gelecek. Korkma ve yaşamaya devam et."

Frederick Buechner

Tam bir yıldır bu anı bekliyordu. Sonunda o büyük yabancı şirket ona oldukça dolgun bir maaşla çalışma teklifinde bulunmuştu. Sevinç içerisinde eşiyle birbirlerine sarılıp öpüştüler. Uzun zamandır böyle mutlu olacağı bir olay gerçekleşmemişti Amy'nin hayatında.

Zor, çok zor bir zaman dilimini geride bırakmıştı. Sonra bir an duraksadı ve geçen o koca seneyi düşündü.

Bundan tam bir yıl önce aynı gün almıştı en yakın arkadaşının ölüm haberini. Öyle yakınlardı ki... Kendini bildi bileli onunlaydı sanki. Çocukluk yıllarında sokaklarda el ele koşup oynamış, okulda haylazlıkları birlikte yapmış; ilk defa birlikte okuldan kaçmış, ilk aşkın acısına da birbirlerinin omuzlarında ağlayarak teselli bulmuşlardı. Onunla açmıştı sanki gözlerini dünyaya. Beraber kapamaya da yemin etmişlerdi çocukluk dönemlerinde. Çocukçaydı ama yapmışlardı bunu.

Arkadaşı Milagros lise yıllarında anne ve babasını bir kazada kaybetmişti. O günlerde onu hiç yalnız bırakmamıştı. Anne ve babası da Milagros'a kol kanat germiş, ebeveynlik yapmıştı. O da bir arkadaştan öte, bir kız kardeş gibi sahiplenmişti dostunu. Aynı odayı paylaşan iki kız kardeşlerdi artık. Ama bu acı kaza onu çok yıpratmıştı, anne ve babasını çok ama çok özlüyordu. Yıllar sonra ancak bir nebze hafiflemişti acısı.

Milagros'un ölüm haberini aldıktan sonra her şeyi bir kenara bırakmıştı Amy. Gardırobunda onun eşyaları, buzdolabının üzerinde kendi elleriyle yazdığı turta tarifi hatta çalışma masasında resmi dururken nasıl eskisi gibi olabilirdi, bilmiyordu.

İşini, hayallerini, umutlarını, çabalarını... Her şeyi elinin tersiyle itmişti kenara. Ve hatta çabalarının meyvelerini toplayamayacak kadar küsmüştü hayata. Adeta hayata olan inancını yitirmişti. Bir kenarda ölümün onu gelip alacağı günü beklemek istiyordu. Nasılsa tüm sevdiklerini alıyordu.

Milagros, kendisi gibi öksüz ve yetimlerin iyi aileler tarafından evlat edinilmesini amaçlayan bir sivil toplum kuruluşunda yöneticilik yapıyordu. Amy de iyi bir firmada görev yapıyordu. İşinde başarılıydı ve çalıştığı firmadan, iş arkadaşlarından memnundu ama gözünü İngiltere'deki o dev firmaya dikmişti. Aylarca çalışıp didindi ve ortaya harika sunumlar çıkardı. Hatta bu dönemde Milagros da Amy'ye yanında olduğunu hep hissettirmiş ve ona destek olmuştu.

Amy bu işe alınmak için çeşitli eğitimlere katıldı, sertifikalar aldı. Bu oldukça zor ama keyifli bir süreçti çünkü tünelin sonundaki ışık, Amy için çok heyecan vericiydi. Tam da firma onu işe almaya karar vermişken, bu ölüm haberi bir alev topu misali gelip düştü hayatının ortasına ve o her şeyi ardında bırakıp sırra kadem bastı. Hayatta zevk aldığı her ne varsa, buz gibi soğuk ve tatsız geliyordu artık gözüne. Geleceğe dair umudunu yitirmişti; gelecek denen şey artık renksiz ve sıradandı onun gözünde. Bu yükü kaldıramayacağını, böyle yaşayamayacağını düşünüp hayattan geri çekildi. Silinip gitti. Pencereden dışarı baktığında ortalıkta neşeyle cıvıldayan kuşları, parlak göleti, yemyeşil çimenleri görüyor ama doğanın eşsiz güzellikleri ruhunda en ufak bir kıpırtı yaratmıyordu.

Onu hayata döndürense tuhaf bir tesadüftü. Milagros'un mezarına otlarını temizlemek ve çiçekleri sulamak için gitmişti. Ölümünden beri içine çöreklenen o huzursuzluktan bir türlü kurtulamamıştı Amy. Bu yüzden, eşi şiddetle karşı çıksa da, sıkça Milagros'un mezarına giderdi. O gün de eski günleri anıp dua ettikten sonra terapiye gidiyordu.

Caddede trafiğe takılmamak için arka mahallelerden dolanmayı tercih etmişti. O dalgınlıkla önüne fırlayan çocuğu son anda fark edip frene bastı ve acı fren sesi tüm mahallede yankılandı. Hemen fırlayıp çocuğun yanına gitti ve istemsizce sımsıkı kucakladı. Neyse ki kılına bile zarar gelmemişti. Küçük kızı sağ salim ailesine teslim etmek istedi ve kazayı duyunca başına toplanan kalabalığa kızın ailesini sordu. Amy duyduklarından ötürü çok üzülmüştü.

Babası alkol bağımlısı olduğu için onu ve annesini bırakıp gitmişti. Geçen sene ölüm haberi gelmişti. Söylentilere göre sarhoşken göle düşüp boğulmuş; gece vakti olduğu için de yardımına koşacak kimse olmamış. Sabah bulunmuş cesedi. Annesi de bir hafta önce ölmüştü. Küçük kız annesinin öldüğünü bilmiyordu; Amy durumu mahalleliden öğrenmişti. Anlaşılan bu küçük kız hem öksüz hem de yetimdi.

"Tıpkı Milagros gibi," demişti yaşlı gözlerle. O an, Amy'nin hayatında bir dönüm noktası olmuştu. Milagros'un ruhuna huzur vermek istiyordu; böylece büyük bir adım attı.

Kimsesiz küçük kızı bir daha bırakmamacasına sahiplendi. Onu öyle sevmişti ki, aklına gelen ilk şey onu evlat edinmek oldu ve söz verdi kendine onun annesi olacağına dair. Hem küçük kıza sıcak bir yuva oldu hem de eski umudunu ve neşesini yeniden kazanmaya başladı. Öyle ki, İngiltere'ye gitme arzusu yeniden dirildi. En zayıf döneminde öyle hızla ve sağlamca ayağa kalkmıştı ki bu, yitirilmişliğin sebep olduğu o kesif acının açığa çıkardığı büyük güçten başkası değildi.

Hayatının bu en hassas ve acılı döneminde karşısına çıkan kızın sihirli dokunuşu, Amy'nin yaralarını iyileştirmiş, sancılarını dindirmişti. Sanki canından giden o parça yerine yeni bir parça gönderilmişti kendisine. Yaşadığı sarsıntıyla küsüp içine kapanan yüreği aniden olağanca heybetiyle açılıp küçük kızı içine almış, sarıp sarmalamıştı. Ve içindeki o bitmek bilmeyen huzursuzluk, artık yerini huzura bırakmıştı. Milagros'un sanki bir yerlerden kendisini gördüğünü ve yaptığından ötürü çok mutlu olduğunu hissediyordu.

Yitirdiği can dostu için her gün dua etmeye devam etti. Onu hiç unutmadı. Eğer hayatta olsaydı, İngiltere'ye gidip yeni bir hayat kurması onu da çok mutlu ederdi, bundan emindi. Hayat, kenara sinip bekleyerek tüketeceğin bir şey değildi, Amy bunu anlamıştı. Hayattaki yerini yeniden almalı, yoluna devam etmeliydi. Zaten Milagros da bunu isterdi.

Şimdi yanında hayat arkadaşı ile hayat kaynağı küçük kızı ve kalbinde can dostunun güzel hatıralarıyla ileriye doğru sağlam adımlar atmaya ve eskisinden daha başarılı olmaya karar vermişti.

Bu kez onu yolundan hiçbir şey döndüremezdi.

Kıymetli Emanet

"Dünyada öğretilen bilgilerin hiçbiri;
bize bir annenin bir bakışının,
bir kelimesinin verdiği şeyi anlatamaz."

Wilhelm Raabe

Ellerinde poşetlerle mağazadan çıktıklarında evin küçüğünün gözlerinin içi gülüyordu. Elbisesini çıkartıp paketlemesi için tezgâhtara versin diye epey dil dökmüşlerdi.

"Eve bu elbiseyle gideceğim, bana ne!" diye tutturmuştu. Neyse ki sonunda ikna oldu elbisesini bayram günü giymeye.

Hali vakti yerindeydi. Hem çocukları hem de akrabaları için cömertçe harcama yapar, bol bol hediye alırdı. Paranın, insanları mutlu etmek için kullanılması gerektiğini söylerdi hep.

Arabaya bindiler; evlerine dönerken yağmur çiselemeye başladı. Yağmuru severdi. Tıpkı annesi gibi... Annesi ve kız kardeşiyle en büyük eğlencelerinden biriydi yağmurda gezmek. Yağmurda tentelerin altına, durakların içine saklanan insanların tam tersine; suya çamura bulanmayı bir oyun haline getirmişlerdi. Çocukluğuna dair en silik hatırasıydı belki fakir oldukları için yapamadıkları... Annesi bunu hissettirmemek için olmadık şeylerden eğlence türetir dururdu.

Annesiyle, her kız çocuğunun sahip olmak isteyeceği türden bir ilişkisi vardı. Sadece sevgi üzerine kurulu bir ilişkiydi onlarınki. Annesi ailesine, bilhassa çocuklarına çok değer verirdi. Dışarıdan bakan biri bile kolaylıkla anlayabilirdi bunu.

Bayramlara değer vermeyi de annesinden öğrenmişti, bayramda çocuk sevindirmeyi de... Herkesin çocukluğuna dair belli belirsiz de olsa anımsadığı bir sahne vardır illaki. İşte Moni (asıl adı Monica idi ama annesi ona hep Moni diye hitap ederdi) de her bayram buğulu gözlerle anımsardı o sahneyi tekrar tekrar elinde o en kıymetli emaneti ile.

Annesinin ömrü emektar dikiş makinesinin başında geçmişti. Gece gündüz çalıştığı yetmiyormuş gibi bayramlarda kızlarını mutlu etmek için mağazaları gezer, elbise beğenirlerdi. Ancak bu elbiseler pahalıydı; zaten kızlar da bunu bile bile gezerlerdi çarşıda. Olsun, zararı yoktu çünkü anneleri daha güzellerini dikerdi zaten onlara.

Küçücük yatak odasının rutubetli köşesine yerleştirilmiş bir emektar dikiş makinesi vardı. Yukarı doğru açılan iki katlı dikiş kutusundan sihirli makara ve iğnelerini çıkarırken genç kadın çocukların kendisini pürdikkat izlediğini pek iyi bilmesine rağmen bıyık altından güler ve abartı hareketlerle hazırlıklarını sürdürürdü meraklı bakışlarını fark etmemişçesine. Ve başlardı dikmeye.

Küçükler, annelerini izledikleri gıcırdayan divanın üzerinde çekirdek çitler, üfleye üfleye bal rengi çaylarını içerler, bolca kıkırdarlardı. Ve sonra uyuyakalırlardı. Hatta elbiseleri bitene kadar her gece divanda dalarlardı uykuya.

Sabahlara kadar uğraşırdı hem siparişleri hem kızlarının elbiselerini yetiştirmek için.

Ellerinde, içlerinde çeşit çeşit giysiler olan poşetlerle dükkândan çıkan çocuklardan bile daha mutlu olurdu Moni ve kız kardeşi elbiselerine kavuşunca. Anneleri iyi bir terzi ve çok sonra anlayacaklardı ki çok da iyi bir anneydi.

Sıcacık bir aileleri vardı. Küçücük evlerinin içi soğuk, hatta ayaz olsa bile…

O sene annesi hastalanmıştı. Çocuk aklıyla olup biteni anlamamıştı; sadece annesinin hastalandığını ve babasıyla sık sık doktora gittiklerini anımsıyordu. Dikiş makinesinin başında eskisi kadar zaman geçiremiyor, çoğunlukla uzanma ihtiyacı hissediyordu. Annesini hiç bu kadar bitkin ve solgun görmemişti Moni. Kardeşiyle birlikte annesine hizmet etmeye, yemeğini ve ilaçlarını aksatmadan vermeye çalışıyorlardı. O sene bayramlarda elbise dikilmemişti kardeşlere. Zaten dışarıdan alacak paraları da yoktu. Annesi hastalığı sebebiyle dikmeyi bırakınca babaları evi geçindirememiş, hatta 2 işte çalışmaya başlamıştı. Hal böyle olunca evin tüm yükü başta Moni olmak üzere iki küçük kıza kalmıştı.

O yıl bayrama az kalmıştı. Hava buz gibiydi ve kar geleceği söylentileri vardı. Evleri buz gibiydi ve annelerinin durumu da hiç iç açıcı değildi. Soğuk, hastalığı iyice körüklemişti. Moni'nin küçüğü o gün boş bulunup serzenişte bulunmuştu annesine, "Bu bayram hediye istiyorum ben," diye.

Moni annesinin yüzündeki üzüntüyü görünce çok kızmıştı kardeşine ama iş işten geçmişti bir kere. Bayram günü geldiğinde annelerinin öğütlediği gibi neşeyle kalkıp birbirlerini öptüler ailecek ve evde ne varsa sofraya koyup kahvaltı ettiler. Evde kalan son çayı demlemişlerdi; öyle açık renkliydi ki, "Biz de artık sizin gibi açık renkli çay içmeye karar verdik babanızla..." diye yalan söylemek zorunda kalmıştı genç kadın.

Sarılmalar ve gülüşmelerin ardından annesi ufak kırmızı bir kutu çıkardı döşeğin altından.

"Bu bayram size bir hediyem olacak yavrularım. Sizler benim en kıymetlimsiniz. Size sahip olduğum tek değerli eşyayı, küpelerimi hediye edeceğim," dedi.

Çok heyecanlanmıştı Moni.

"Biri senin Moni, diğeri de senin," diyerek uzattı kızlarına küpeleri. Bu küpeler annelerinde gördükleri tek takıydı. Çok kıymetliydi çünkü ona da kendi annesinden kalmıştı. Hep anlatırdı kızlarına bunun hikâyesini.

"Tek bir şartım var. Büyüyüp evlendiğinizde, çoluk çocuğa karışıp ayrı hayatlara savrulduğunuzda, dünyanın farklı köşelerinde bile olsanız her bayramda birlikte olacaksınız. Tıpkı şimdi olduğu gibi. Gönül ister ki hep yan yana olasınız ama hayatın ne getireceği belli olmaz. Hiç olmazsa bayram günlerinde bu tek küpeleri buluşturup bir kutuya koyun ve bu güzel günlerimizi yâd edin. Sizden tek isteğim bu."

Annesinin hastalığı iyice kötüleşmişti ve bir sonraki bayramı göremeden Moni ve kardeşini bırakıp gitti.

Onlar annelerine verdikleri sözü tuttular. Ne birbirlerinden uzak kaldı ne de o güzel çocukluk yıllarını unuttular. Her bayram tek küpeleri o kırmızı kutuda yan yana koyup annelerini sevgiyle, özlemle andılar.

Silecekler hızla cama düşen yağmur damlalarını süpürürken Moni annesini düşünmeye devam etti.

Böyle bir annesi olduğu için kendini çok şanslı ve ayrıcalıklı hissediyordu. Daha sevgi dolu bir çocukluk geçiremezdim derdi hep çocukluk yıllarından dem vurulunca dost meclislerinde.

Annesinin bir cümlesi aklına kazınmıştı. O zamanlar anlamından bihaber olsa da şimdi, yani anneyken bu cümleyi kalbinin en orta yerine oturtmuştu.

"Sizler benim en kıymetlimsiniz," demişti küpeleri verirken. Tüm ömrünü çocuklarının bir gülümsemesine feda edecek bir anneydi gerçekten. Moni de iyi bir anne olmaya söz vermişti. Bu sözünü hep tutacaktı.

Islanan gözlerini kuruladı ve kızını kucaklayıp sıkıca sarıldı. Hayalinde annesi, kucağında yavrusuyla yağmur altındaki güzel şehri izlemeye koyuldu.

Her Anın Kıymetini Bil

"Zamanı ve sözleri dikkatsizce kullanma, ikisi de geri alınamaz."

Andre Gide

Okuduğu kitaptan başını kaldırdı ve gözlüklerinin üzerinden kızgın bir bakış attı ama Mary Lou, büyükannesinin ona baktığının farkında bile değildi. Genç kadın telefonda nişanlısıyla tartışmakla meşguldü ve etraftaki başka hiç kimse umurunda değildi. Mary Lou öylesine kendini kaybetmişti ki etraftaki hiçbir şeyin farkında değildi.

Genç kadın annesinin tek çocuğuydu ve babasız büyümüştü. Annesi onun her şeyi olmaya çalışmıştı; babasının yokluğunu hissetmemesi için çırpınmıştı ancak buna rağmen çocukluğuna dair hatırladığı en iz bırakıcı hisler, anılar hep baba özlemi ekseninde yer alan türdendi. Bu sebepten olacak ki hayatında sevdiği her şeyi kaybedecekmişçesine korkuyor, bu korkunun şiddetliyle bazen sevdiklerini kırıyor, kötü davranıyordu.

"Sana son kez söylüyorum! Hemen anlat! Onunla neler konuştuğunuzu bilmek istiyorum dedim, o kadar!"

Mary, aldığı cevaptan pek hoşnut olmamıştı belli ki; elindeki telefonu bir hışımla fırlattı. Telefon, büyükannesinin ayaklarının dibine düştü. Mary çıkardığı yaygaradan çok utandı o anda; böyle anları çok sık yaşıyor ve her defasında utançla son buluyordu bu aşırı tepkileri. Ve işte yine kendini kaybetmişti nişanlısıyla tartışırken.

"Şey, üzgünüm büyükanne. Bir an için kendime hâkim olamadım ve..."

Büyükannesi ilk kez karşılaşmıyordu bu manzarayla. Her defasında edecek bir çift lafı oluyordu elbette ama bu sözleri Mary Lou üzerinde pek tesirli olmuyordu. Ama o gün özel bir gündü büyükannesi için; seneler boyunca her defasında kalbini yasa boğan o kara gündü. Söyleyecekleri bu kez her zamankinden farklıydı.

"Dinle."

Koltuğunda doğrulan yaşlı kadın zorlukla yutkunup sözlerini sürdürdü.

"Büyükbabanla hiç tahmin etmediğim bir anda ayrıldık. Aklımın ucundan geçmezdi o gün onu kaybedeceğim. Büyükbabanı son görüşüm olduğunu bilseydim ona asla öyle davranmazdım."

Mary Lou kendi öfkesinden sıyrılmış, pürdikkat büyükannesini dinliyordu. Büyükbabasının genç yaşta, bir kazada öldüğünü biliyordu ama büyükannesi bu konuyu pek açmaz, açıldığındaysa neredeyse hiçbir şey anlatmazdı. Her ne zaman dedesinden konu açılsa, gözleri dolar ve odasına çekilirdi.

Mary Lou büyükannesinin dedesine büyük bir aşkla bağlı olduğunu biliyordu; annesi her defasında söylerdi bunu. Ama o kadardı bildikleri… Fazlasını bilmezdi kimse. İşte o yüzden Mary Lou hem şaşkınlıkla hem de merakla sordu:

"Nasıl yani? Aranızda ne geçmişti o gün büyükanne?"

"Bir an için kendime hâkim olamamıştım tıpkı senin gibi. Öyle basit bir sebepten dolayı kapris yapıp ona öyle kızmıştım ki... Baştan anlatayım en iyisi. O hafta sonu için bir sürü hazırlık yapmıştım. Enfes bir çorba, sebze çeşitleri, fırında kocaman bir hindi, salata ve tatlılar… Evlilik yıldönümümüzü kutlamak için epey hazırlık yapmıştım. Çok da özenmiştim açıkçası. Cuma günü akşamüzeri dedenden bir telefon geldi. Hafta sonu iş sebebiyle kısa bir seyahate çıkması gerektiğini, evde olamayacağı için çok üzgün olduğunu söylüyordu."

Bunu anlatması öyle zordu ki yaşlı kadın için, üzerinden seneler geçmesine rağmen kalbini acıtıyordu onsuzluk. Elini boynuna götürdü, kolyesine… Ondan güç alırcasına tutundu ve anlatmaya devam etti:

"Aslında o da çok keyifsizdi. Sesindeki o durgunluğu, tatsızlığı dün gibi hatırlıyorum. 'Bunu telafi edeceğiz…' demişti ama ben devam etmesine fırsat vermeden telefonu yüzüne kapadım."

Mary Lou donup kalmıştı. Az önce nişanlısıyla arasında geçenleri düşününce gözleri dolu. Evet, hayatta bir an sonrasını kestirmek mümkün değildi. Şu an sahip olduğunu bir dakika sonra ebediyen kaybedebilirdin. Eşini, çocuğunu, dostunu, komşunu... Her şeyini. Genç kadının içine keskin bir pişmanlık çöktü. Bir an önce telefona sarılıp onu sevdiğini söylemek ve özür dilemek istedi.

"Basit bir kapris, büyükbabanla son anlarımızı benden çaldı. Sevdiklerinin kıymetini onlar hayattayken bil. Onları sev, onlara saygı duy ve onlara karşı sabırlı ol. Emin ol, hiçbir şey sevdiğini kırmaya değecek kadar önemli olamaz. O güzel bahar gününde onunla bir saat daha geçirebilmek için şimdi her şeyi verirdim ama o gün büyükbabanı kaybedeceğimden habersiz biçimde onunla konuşacağım son kelimelerimi, dakikalarımı hoyratça harcamışım bilmeden."

Mary Lou büyükannesinin beyaz saçlarına bir öpücük kondurdu. Büyükanne usulca boynundaki kolyeyi çıkardı. Koklayıp öptükten sonra titreyen elleriyle torununa uzattı. Mary Lou soran gözlerle bakınca, "Dedene yıldönümümüz için almıştım. İçinde resimlerimiz var. Üzerine de isimimizin baş harflerini işletmiştim ama maalesef ona verme fırsatım olmadı. Şimdi bunu alıp boynuna tak ve hiç çıkarma. Sevdiklerine öfkelendiğinde hemen bu kolyeye dokun ve dedenle beni anımsa. Ve sevdiklerine karşı hoşgörüde cömert olman gerektiğini yeniden hatırla tatlım."

Mary Lou tek kelime bile edemedi. Büyükannesinin ayaklarının dibine savurduğu telefonu alıp nişanlısını aramak için yandaki odaya geçti usulca.

Çok pişmandı. Çünkü hayatı bekletmeye gelmezdi, bunu az önce öğrenmişti.

Perspektif

"Buradan bir kova su gibi görünüyor ama bir karıncanın bakış açısından engin bir okyanus, bir filin bakış açısından sadece soğuk bir içecek, bir balığın bakış açısından ise elbette onun yurdu..."

Phantom Tool Booth

Oğlumun beşinci ay kontrolü için doktorun muayenehanesindeydik. Doktor, David'i ultrasonda incelerken, olması gerekenden farklı görünenleri bir bir sıralıyordu. İşler yolunda değildi; doğacak bebek yaşamsal eksikliklere sahip olabilirdi.

"En iyi ihtimalle Down sendromlu bir bebeğiniz olacak Bayan Ray," demişti doktor.

Ne düşüneceğimi şaşırmıştım o an. Biri bana bebeğim Down sendromlu olsun diye Tanrı'ya yalvaracağımı söylese güler geçerdim ama o günden sonra tam olarak yaptığım şey buydu. Sürekli dua ediyordum. Gece gündüz dilimde aynı dua vardı:

Ne olur bebeğimin tek sorunu Down sendromu olsun.

Ultrasonda görünen manzara birçok farklı senaryonun bir parçası olabilirdi, görünenden daha büyük sorunlara sebep olabilir, bebeğimin hayatını tehdit edebilirdi. İşte bu yüzden Down sendromu gözümüze çok şirin görünen bir ihtimaldi. Perspektif denen şey buydu işte. Tamamen rutin bir hamilelik yaşayan ve sağlıklı bir bebek bekleyen aileler için akıl almaz bir istek olabilirdi ancak Bizim açımızdan bakıldığında durum böyleydi.

Amniyosentezin sonucunu beklemek ölüm gibiydi; zaman durmuştu sanki. Nihayet sonucu öğrendik. Tanrı dualarımızı karşılıksız bırakmamıştı. Oğlum *sadece* Down sendromlu bir bebekti ancak yine de doğuma dair bir sürü risk vardı: erken doğabilirdi, kalbinde ve solunumunda sıkıntı yaşayabilirdi, doğar doğmaz yoğun bakıma alınabilirdi yani dünyaya gözlerini açtığında bebeğimi kucağıma bile alamayabilirdim. Ancak bunların hiçbiri olmadı. Oğlum David beklenenden sadece 1 gün önce dünyaya geldi. Kilosu iyiydi; kendi başına nefes alabiliyordu. Dünyalar benim olmuştu.

"Seni seviyorum bebeğim; iyi ki bizimlesin," dedim o minicik kulağına fısıldayarak. Onunla her an farklı bir zevkti bizim için. O çok özel bir çocuk, bize gönderilmiş harika bir hediyeydi.

David'in diğer çocuklardan farklı oluşu kimi zaman yıpratıcı olabiliyordu. Okul döneminde endişelerim tavan yapmıştı. David okuldayken içim içimi yiyor, çok üzülüyordum. Aklımdaki sorular başımı döndürüyordu.

Ya arkadaşları onunla dalga geçerse?

Ya öğretmeni ona yeterince anlayışlı ve sabırlı davranmazsa?

Ya birileri ona zarar vermeye kalkışırsa?

David'e bir zarar geleceği endişesi, onu koruyamama korkusu beni benden alıyordu. Kontrolümü kaybetmek üzereydim. David artık tüm gün benimle olamayacaktı. Her an etrafını kuşatan sevgi ve şefkatimden uzak kalacaktı okuldayken. Ve okul çağına geldiği için bu artık hep böyle olacaktı. Gerçek hayat başlıyordu işte.

Bu tip tedirginlikler yaşadığım günlerden birinde kızı Down sendromlu olan bir diğer arkadaşımdan telefon aldım. Kızı Nadiya kan kanserine yakalanmıştı. Öyle üzgündü ki kelimelerle ifade etmek mümkün değildi...

İşte o an yaşadığım sorunların ne denli ufak olduğunu fark ettim. Biz Down sendromlu oğlumuzun yalnızca sosyal alandaki gelişimini desteklemek için uğraşıp okulda kaynaşma sürecini kafamıza takarken bir başka aile Down sendromlu ve kanser hastası çocukları için doktordan doktora koşturuyordu.

Ben sınıfın kapısındaki camdan oğlum David'i izlerken arkadaşım kızını hastane odasının kapısından izliyor olacaktı. Ya da dünyanın başka bir yerinde, bir başka anne, bir başka acıyla başa çıkmaya çalışıyor olacaktı.

Şükürler ettim Tanrı'ya; bulunduğumuz noktanın kıymetini bilebilmek için kendinden kötü durumdakilere bakmak yeterliydi zaten.

David büyüdükçe benim endişelerim de büyüyecek, çeşitlencekti belki ama şunu biliyordum ki şükretmeye yeteri kadar önem verirsem korkularımı yenmek kolaylaşacaktı.

Tüm mesele, olaya nereden baktığınla alakalıydı.

Ümitlerin kaderi, biri yok olduğunda diğerinin ortaya çıkmasıdır, işte bu yüzden bunca hayal kırıklığına rağmen dünyadan silinip gitmemişlerdir.

Jose Saramago

Benim Diğer Yarım

"Aslında hayatın en güzel anı; her şeyden vazgeçtiğinde, seni hayata bağlayan birinin olduğunu düşündüğün andır."

Balzac

Kocam Nicholas ile birbirimizi ilk gördüğümüz an âşık olmuştuk. O zaman daha lisede okuyorduk. Ben okula yeni kaydolmuş çömez öğrenciydim; o ise sınıfın en popüleri. Ben sınıfa girer girmez göz göze gelmiştik. O yıl birleşen ellerimiz bir daha hiç ayrılmadı. Liseden sonra farklı şehirlerde, birbirlerine uzak üniversitelerde okumaya başlamıştık. Sık sık görüşüyor, buluşmak için fırsatlar yaratıyorduk. Birbirimizi deliler gibi seviyor, özlüyorduk. Birbirimizden uzak geçen üniversite yılları bir ömür gibi uzun gelmişti. Seneler geçti ve nihayet mezun oldu. Artık eskiden olduğu gibi birbirimizi sıkça görebiliyorduk. İlişkimiz çok güzel gidiyordu. Artık bir adım daha ileri gitmek istiyor, Nicholas ile evlenmek istiyordum ve bana evlenme teklif edeceği günü dört gözle bekliyordum.

O sıralar uluslararası bir firmada işe girdim. Bu yüzden bir parti düzenleyip işe girişimi kutlamak istediğini söyledi. Çok sevinmiştim. Sahilde büyük bir villa kiralamıştı; arkadaşlarımızla güzel bir hafta sonu geçirip kutlama yapacaktık. Bir de sürprizi olduğunu ağzından kaçırmıştı. Heyecandan havalara uçuyordum. Bana evlilik teklif edeceğinden emindim.

Kutlama günü Nicholas hazırlıklar için benden önce villaya gitmek istediğini söylediğinde onu anlayışla karşıladım. Kutlama için aldığım elbisemi aynada üzerime tutunca kendimi prensesler gibi hissetmiştim. Çok güzel olmalıydım. Hemen hazırlıklara başladım. Geç kalmak istemiyordum. Akşamüzeri, hazırladığım küçük bavulu yanıma alıp yola çıktım. Villa aşağı yukarı 40 dakikalık mesafedeydi.

Başta her şey yolundaydı. Müziği son ses açmış, neşe içinde yol alıyordum. Aklımda, evlilik teklifi alacağım anı başa sarıp duruyordum. Sonra bir anda önüme bir geyik fırladı. Hayvana çarpmamak için direksiyonu kırınca hâkimiyeti kaybettim ve ormana savruldum. Başka hiçbir şey hatırlamıyorum o korkunç ana dair.

Gözlerimi açtığımda hastanedeydim. Çok canım yanıyordu, yerimden doğrulamıyordum. Kolumu dahi oynatamıyordum. Etrafımda kimse yoktu. Neler olduğunu anımsamaya çalışırken yanımda maskeli bir hemşire belirdi. "Nihayet uyandınız, hemen yakınlarınıza haber vereyim," dedi.

Bir süre daha orada kaldıktan sonra beni odaya aldılar. Tam 6 gündür yoğun bakım ünitesinde tutuluyormuşum. Kazada ağır yaralanmışım. Gözlerimi açmamla bütün ailem sevince boğuldu. Annem ve babam perişan olmuş kazadan sonra. Ve tabii Nicholas da.

Kazada çok derin yaralar almıştım. Vücudum kötü durumdaydı; birçok yerde yanıklar vardı. Yüzümde derin kesikler oluşmuştu. Kendimi bir canavar gibi hissediyordum.

Nicholas hastanede yatarken de taburcu olduktan sonra da her gün beni görmeye geliyordu ama onun beni böyle görmesini asla istemiyordum. Çok utanıyordum. Değil evlenmek, benimle arkadaş kalmak isteyeceğini bile sanmıyordum çünkü kazadan sonra ağır bir depresyona girmiştim. Beni hayata bağlayan bir şey kalmamıştı çünkü kısa süre sonra Nicholas'ın da beni bırakıp gideceğinden emindim. Dışarıda onca güzel kız varken bu haldeki biriyle olmak isteyeceğine aklım yatmıyordu. Yaşadıklarımdan ötürü herkesin bana acıdığını düşünüyordum.

Ama haksız çıkmıştım. Nicholas beni bir gün olsun yalnız bırakmadı. Gözlerime hep aynı aşkla bakmaya devam etti. Beni o görüntümle de sevdi, daha doğrusu değişen hiçbir şey yokmuş gibi hayatımıza devam etmemizi sağladı.

Kazanın üzerinden yaklaşık 7 ay geçmişti. Nicholas tüm arkadaşlarımızı ve yakınlarımızı davet ettiği mükemmel bir sürpriz kutlama düzenledi ve önümde diz çöküp herkesin huzurunda bana evlenme teklifi etti. Sevinçten havalara uçuyordum. Gözyaşları içinde kollarına atılıp teklifini kabul ettim. Bir sene içinde de evlendik. Yaralarıma, çirkin görüntüme rağmen beni her gün daha da büyüyen bir aşkla sevmeye devam etti.

Şimdi 7 aylık hamileyim. Nicholas ile bir kızımız olacak. Öylesine heyecanlı ve mutluyuz ki... Ona sahip olduğum için dünyanın en şanslı kadınıyım. O, beni ben olduğum için ve her koşulda sevebilen ruh eşim. Her şeyin bittiğini düşündüğüm an beni elimden tutup yaşama döndüren sevgilim.

O benim diğer yarım.

İçimdeki Küçük Ses

"Kelimeler hem silah hem de merhemdir. Kelimeler bir insanı hem yaralayacak hem de iyileştirebilecek güce sahiptir. Hatta doğru ve ince olabilenleri, dünayayı bile değiştirebilir."

Buda

Hayatınızda hiçbir zaman tamamlanmamış ya da bir şey başaramamış gibi hissettiğiniz oldu mu? Hayal kırıklıklarınızın önünüzde bir dağ gibi yükseldiği ve yolunuzu kapattığı? Benim çok oldu. Ancak bugün bunları rahatlıkla söyleyebiliyorsam bunun elbette bir sebebi var.

İşten çıkıp, kendimi şehrin yorucu koşturmacasına bırakarak, otobüse yetişmek için hızlı adımlarla yürüdüğüm bir akşamüstüydü. Günün yorgunluğunu alacakmış ve şehrin gürültüsünü bastıracakmışçasına yüksek sesle müzik dinlerken karşıdan gelen birinin bana gülümsediğini fark ettim. Kalabalık yüzünden başta kim olduğunu çıkaramasam da birbirimize biraz daha yaklaşınca onun, çalıştığım bir önceki şirketten iş arkadaşım Leonard olduğunu anlayınca çok sevindim. Birbirimizi görmeyeli bir seneden fazla olmuştu ve onu da, onunla çalışmayı da seviyordum.

Yanıma gelip, "Hey, Penny! Nasılsın?" dedi.

"İyiyim, sen nasılsın?" diye cevap verdim, birbirimize sarılıp selamlaştık. Bir iki lafladıktan sonra trafiğin çok kötü olduğunu fark edip bir kafede oturmaya ve sohbet etmeye karar verdik. Sonuçta konuşacak çok şey vardı.

Leonard'ı görmeyeli hayatında çok şey değişmişti. Birlikte çalışırken hayatında Amy adında biri vardı. Yıl içinde nişanlanmışlar ve çok geçmeden bir daha barışmamak üzere ayrılmışlardı. Leonard, başta tüm dünyasının başına yıkıldığını sandığından, ama sonra altında kaldığı enkazın içinden çok daha güçlenerek kalktığından bahsetti. Onun için üzülsem de artık iyi olduğunu gördüğüm için bu üzüntüm uzun sürmedi.

Hayatını anlatma sırası bana geldiğinde kısa bir sessizlik oldu. Ona ne anlatacaktım ki? Hayatımda biri yoktu, iş ve ev arasında mekik dokuyup duruyordum. Eve o kadar yorgun geliyordum ki yemek yedikten kısa bir süre sonra koltukta uyuyakalıyordum. Canım hiçbir şey yapmak istemiyordu. Günler böyle geçiyordu. Sessizliğim üzerine, "Bir sorun mu var?" diye sordu. Asıl sorun, hayatımda bir sorun bile olması için vakit olmayışıydı.

"Bir şey yok, sadece kendimi bomboş hissediyorum," dedim. "En son ne zaman bir arkadaşımla böyle oturup sohbet ettiğimi hatırlamıyorum. Vermek istediğim kiloları veremedim. Hayatımda özel biri yok. Geçen sene başladığım kitabı hâlâ bitiremedim."

Leonard, bana üzgün ve şaşkın gözlerle bakıyordu. "Ama seni son gördüğümde böyle değildin?" diyebildi sadece.

O bir seneden biraz fazla sürede, hayatımda işim dışında bir şeyin değişmediğini düşünüyordum. Eski şirketime göre daha iyi bir maaş alıyordum ama şirketin konumu sebebiyle yolda çok daha fazla zaman harcıyordum. Ayrıca iş yüküm de gözle görülür şekilde artmıştı. Leonard'a hayatımın nasıl gittiğini anlatmak için hayatımı düşünmeye başlayana kadar, içinde olduğum durumun farkında bile değildim.

"İçimdeki bir ses, hayatta hiçbir şey başaramadığımı söyleyip duruyor," dedim sessizce.

Leonard, "Ses mi? Hangi ses? İçindeki o ses dahil, kimseye kendini kötü hissettirecek bir şey söylemesi için izin vermemelisin. Ne olursa olsun. Unutma, senin için senden daha değerli kimse olamaz. O sesin seni yönetmesine izin verme," dedi ve elimi tuttu. O an güçlendiğimi hissettim. Sanırım haklıydı.

İşte o ana kadar, kendimi içinde bulunduğum çukura aslında kendim ittiğimi fark ettim. Üstelik o çukurdan çıkmak için ihtiyacım olan ipe ulaşmak da benim elimdeydi. Ama içimdeki o küçük ses aslında günden güne büyümüş ve tüm benliğimi ele geçirmişti. Tüm korkularımı, tüm ümitsizliklerimi, tüm başarısızlıklarımı alıp onlara bir ses vermiş ve kişileştirmiştim adeta.

Leonard ile biraz daha konuştuktan sonra ayrıldık. Evime döndüğümde, artık bambaşka biri olduğumu hissedebiliyordum. Zincirlerimi kırmış, özgürlüğüme kavuşmuş gibiydim. O günden sonra yaptığım ilk şey şirketimle konuşup çalışma saatlerimi kendime zaman ayırabileceğim şekilde düzenlemek oldu. Artık akşamları kitap okuyor, bazı günler spora gidiyor, sık sık arkadaşlarımla buluşuyorum. Kısacası hayatımı dolu dolu ve kendi istediğim şekilde yaşıyorum. Hayatta başaramadığım şeyleri düşünmek yerine ufak da olsa başardığım, elde ettiğim şeyleri düşünüyorum. Kendime daha çok güveniyor ve üstesinden gelemeyeceğim bir şey olmadığına tüm kalbimle inanıyorum. Başta kendim olmak üzere etrafımdaki herkese, bu hayatta kendimizden daha değerli bir şey ya da biri olmadığını söylüyorum. Artık hayatımı ve kendimi çok daha fazla seviyorum. Siz de bir an için durup hayatınızı ve sizi kötü etkileyen şeyleri ya da insanları düşünün. Kurtuluşunuzun içinizde, kalbinizin derinliklerinde bir yerde yattığını göreceksiniz.

Kocaman Bir Yürek

"Yanılmak insanca,
bağışlamak kutsalca bir iştir."

Alexander Pope

Aynı sınıfla üçüncü yılımdı o sene. Okula adım attıkları o ilk günkü ürkeklikleri gözümün önündeydi hâlâ. Artık 3. sınıf öğrencileri olarak, küçük sınıflara birer ağabey ve abla olmuşlardı. Hepsini teker teker çok seviyordum ve akademik başarılarına gösterdiğin önemi kişilik gelişimlerine de gösteriyordum. Derslerde öğrenemediklerini ileride telafi edebilirler ancak güzel davranışları, erdemli olmayı, temel değerlere uygun yaşamayı sonradan benimsetmek pek mümkün olmuyor diye düşünüyordum. O yüzden çocuklara değerler eğitimi vermeyi çok fazla önemsiyordum.

O yıl sınıfımıza yeni bir öğrenci katılmıştı. Aşırı çekingen bir kız çocuğuydu; kırsaldan geldiğini belli eden bir şivesi vardı. Bu durum onu iyice sessizliğe itiyordu belli ki. Öğrencilerime arkadaşlığın önemini, farklılıklara saygı duymayı, insanlarla dalga geçmenin ne kadar kötü bir davranış olduğunu sürekli anlatırdım. O yüzden yeni öğrencimin kaynaşma konusunda bir sıkıntı yaşayacağını sanmıyordum. Ancak hiç beklemediğim bir olay yaşadım ve bu bana büyük bir ders oldu.

Yeni öğrencim Milagros, diğer arkadaşlarıyla pek kaynaşamıyordu. Onlar yakınlık gösterse de bir şekilde utancına, çekingenliğine yenik düşüp geri planda kalıyordu. Ben olan biteni uzaktan gözlemliyordum. Tek başına kaldığı zamanlarda yanına gidip onunla sohbet etmeye çalışıyordum. Ağzından tek tük bir iki kelime çıkartmak için epey uğraşıyordum doğrusu.

Bir gün sınıfça bir öğlen yemeği düzenlemeye karar verdim. Herkes o gün evden bir şeyler getirecek; devasa bir sofra kuracaktık. Çocuklar da neşeyle karnını doyuracaktı. Öğlen yemeği sofrası kuruldu. Öğrenciler keyifle yiyip içiyorlardı. Birden öğrencilerimden biri, "Param çalındı!" diye bağırmaya başladı.

Şaşkındım, hemen öğrencim Brad'in yanına gittim. Neler olduğunu öğrenmek istiyordum. Ona parasını sınıfta ya da koridorda düşürmüş olabileceğini söylesem de ikna olmadı. Israrla çalındığını söylüyordu. Hatta daha da ileri gidip, "Buraya gelirken param cebimdeydi ama şimdi yok. Yeni gelen kız yanımda oturuyordu. Az önce hemen kalkıp kaçar gibi gitti. Paramı o çaldı, yoksa niye kaçsın?" dedi.

Milagros hırsızlık yapmış olabilir mi diye geçirdim içimden. Kendi öğrencilerimi tanıyordum, onlara doğruyu yanlışı öğretmek için çok çabalıyordum. Yani bu işi eski öğrencilerimden biri yapamazdı bana göre. Bir hışımla koşup Milagros'un yanına, sınıfa çıktım. Sınıfta yoktu ama camdan, bahçede sırtı dönük biçimde bankta oturduğunu gördüm. İçimdeki şüpheye engel olamıyordum. Bahçeye, yanına indim.

Milagros bahçede sandviç yiyordu. İçeride onca çeşit yemeği bırakıp burada kuru bir sandviçe talim etmesi de şüphemi körükledi. Bir şeyler karıştırıp ortamdan gizlice kaçma gereği duymuştu demek ki.

Hırsızlık söylentisi o gün yayılmıştı ve herkes Milagros'a suçlayan gözlerle bakıyordu. Ne de olsa çok erdemli bir sınıftık ve böyle kötü davranışlara tahammülümüz yoktu! O gün dayanamayıp okul çıkışı Milagros'u kenara çektim ve hırsızlık olayından bahsettim. Ağzını aradım. Sesi çıkmayınca biraz üsteledim, hatta itiraf etmesi için zorladım. İnkâr etti ve gözyaşları içinde sınıfı terk etti. Ertesi gün okula gelmedi. Utancından ötürü gelemediğini düşünüyordum. Birkaç gün içerisinde aileyi ziyaret edip kızlarının yaptığı yanlış davranıştan bahsedecek ve iyi bir eğitimci olarak kızlarını bu yanlıştan döndüreceğimin teminatını verecektim. Ancak işler sandığım gibi gitmedi; o gün her şey tepetaklak oldu.

Öğrencilerimden Taylor'ın velisi okula telefon açıp benimle acilen görüşmek istediğini söyledi. Kabul ettim. Öğlen arasında öğretmenler odasına geldi. Çok endişeli görünüyordu. Kahvelerimizi alıp bahçeye çıktık.

"Bugün Taylor'ın odasını toparlarken dünkü formasının cebinden buruşuk bir kâğıt para düştü. Taylor'a asla o kadar çok harçlık vermeyiz. Zaten o da harçlıklarını son kuruşuna kadar harcar. Söylemesi çok zor ama sanırım Taylor bu parayı birinden çalmış..."

Beynimden vurulmuşa döndüm. Brad'in parasının çalındığını söylediği gün bir yanında Milagros diğer yanında Taylor oturuyordu. O an öyle utandım ki... Hiç hak etmediği halde Milagros'a neler söylemiştim. Kendimi hiç böylesine kötü hissetmemiştim. Masum bir çocuğun kalbini düşüncesizliğim yüzünden kırıp dökmüştüm. Telafisi için elimden geleni yapmalıydım.

Öncelikle Taylor'la konuşup parayı onun aldığından emin oldum. Onunla hırsızlığın ne kadar kötü bir davranış olduğuna dair uzun bir konuşma yaptım ve önyargılı davranıp hata ettiğimi, bu yüzden birlikte gidip Milagros'tan özür dileyeceğimizi söyledim. O gün okul çıkışı Milagros'un evine gitmek üzere Taylor ve annesiyle birlikte yola çıktık.

Eve vardığımızda kapıyı büyükannesi açtı. Kendimizi tanıtınca bizi içeri davet etti. Evin durumu, ailenin fakirliğini açıkça belli ediyordu. İhtiyar kadın Milagros'u çağırmaya gitti. Bizi gören küçük kız çok şaşırdı. Başını eğip olduğu yerde bekledi.

"Biz Milagros'tan özür dilemeye geldik," dedim ve olan biteni anlattım. Büyükannesi öğlen yemeği için ikramlık bir şey hazırlayamadıklarını, sadece Milagros'a bir sandviç yapıp beslenme çantasına koyabildiğini söyledi.

"Yiyecek getiremediğim için masadakilerden yemek istemedim. Bahçeye çıkıp beslenmemdeki sandviçi yedim," dedi küçük kız çekingence. Ne diyeceğimi bilemiyordum.

"Seni üzdüğümüz için çok özür dileriz. Bize içinden geçenleri söyle, Milagros. Duyacaklarımızı çoktan hak ettik," dedim.

Söylediği iki kelime yüzüme tokat gibi çarpmıştı.

"Sizi affediyorum," dedi.

Küçücük bir kızın kalbini acıtmıştık ve o bizi affediyordu. Gösterdiği olgunluk inanılmazdı. Milagros kocaman yüreği olan nadide bir çocuktu.

Üzerinden yıllar geçti ama ben kendimi hiç affetmedim. O ise affediciliğiyle beni utanç denizinde boğmuştu. O gün küçük bir kızdan büyük bir hayat dersi almıştım ve bu dersi ömrüm boyunca unutamayacaktım.

Kitapları seviniz, onlar yaşamınızı daha çekici bir hâle sokacak, size dostça hizmet ederek düşüncelerin, duyguların ve olguların dolaşık ve gürültülü karmaşasında, yolunuzu bulmanıza yardım edecek, kendinize ve başkalarına saygı duymayı öğretecek, yüreği ve aklı dünya ve insanlık sevgisiyle dolduracaktır.

Maksim Gorki

Mesafelere Rağmen

"Sevmek, insanların birbirlerine bakmaları değildir, birlikte aynı yöne doğru bakmalarıdır."

Andre Gide

Kapı çalındığında kanepede uyukluyordum. Zil sesini duyunca irkildim. Üzerimi örtmediğim için epey üşümüştüm. Ian evde olmadığı için uyurken üzerimi örten kimse olmamıştı elbette. Yokluğu her fırsatta kendini gösteriyordu zaten. Kaçışım yoktu, biliyordum. Hemen kalkıp kapıya koştum.

Kapıyı açtığımda kuryeyle karşı karşıya kaldım. Elinde kocaman bir çiçek ve bir hediye kutusuyla otuz iki dişini göstererek sırıtıyordu. Tam aksine ben de hiç modumda değildim. Soğuk bakışlar eşliğinde kaşımı kaldırarak, "Buyurun?" demekle yetindim.

"İyi günler hanımefendi, sanırım bu çiçekler sizin için!"

Ne düşük çeneli bir adama rastlamıştım böyle. Hamileliğimin son günlerinde olduğum için belim ağrıyor, yorgunluk bastırıyor ve böyle ayaküstü sohbetlere tahammülüm haliyle azalıyordu.

Ian'ı orduda göreve çağırdıklarında 6 aylık hamileydim; kızımız şimdi 9 aylıktı ve Ian halen görevdeydi. Ne zaman geleceğini bilmiyordum. Pek haber de alamıyordum zaten. Her an sancılanabilir, doğuma gidebilirdim. Bebeğimiz ne zaman hazır olacaktı bilemiyordum ama büyük ihtimalle doğuma yalnız gidecektim ve bebeğimi kucağıma aldığımda Ian yanımda olamayacaktı.

"Bir yanlışlık olmalı. Çiçeğin bana geldiğini sanmıyorum. Teşekkürler," dedim ve kapıyı kapatmaya yeltendim. Ancak kurye ısrarcıydı. "Ama adres doğru. Çiçek Amy Dorothy Percy adına gelmiş, siz değil misiniz yoksa?"

Donakaldım. Tek kelime etmeden kapıyı açıp çiçeği aldım ve kuryeye usulca teşekkür edip içeri geçtim.

Evet, çiçek banaydı. Daha doğrusu kızıma. Kızımızın adını babası koymuştu: benim ikinci ismimle annesinin isminin birleşimiydi Amy Dorothy.

Ama nasıl olurdu? O şaşkınlıkla kuryenin çiçekle birlikte verdiği kutuyu tamamen unuttum. Çiçeği alıp ağır adımlarla kanepeye yöneldim. Tek istediğim şey üzerindeki kartı bulup okumaktı. O esnada sabahtan beri hafif hafif vuran sancılarım sertleşmeye başladı. Kartı elime aldığımda çok şiddetli bir sancıyla çığlık attım. Kart ve çiçek kucağımdan düştü. Hastaneyi aramak için telefonumu elime aldığımda şarjının bittiğini fark ettim. Ne yapacağımı bilemez haldeydim. Doğrulmaya çalıştım ama başaramadım. Çığlık atmaya başladım. Ev telefonu çalıyordu ama kalkıp bakmam mümkün değildi.

Bir süre sonra bayılmış olmalıyım. Rüyamda Ian'ı gördüm. Üzerinde üniforması vardı. Gülümsüyordu. Elimi tutup saçımı okşuyordu. "Başarabilirsin sevgilim," diyordu.

"Haydi uyan, başarabilirsin sevgilim."

Onu görmek öyle iyi gelmişti ki...

Gözlerimi açtığımda başımda sağlık görevlileri vardı. Beni sedyeye taşırlarken ben etrafa bakıp Ian'ı arıyordum. Rüya öyle gerçekçiydi ki kocam sanki yanı başımdaydı. Sancılarım sürüyordu. Doğum yapmam an meselesiydi.

Ve nihayet doğum gerçekleşti ve güzel kızım Amy Dorothy dünyaya geldi. Öyle güzel, öyle masumdu ki... Babasının da burada olmasını, onu kollarına almasını çok isterdim. Neyse ki ben de iyiydim, kızım da gayet sağlıklıydı. İkinci gün evimize döndük. Annem ve babam Ian'ın yokluğunda yanımda olmak için benimle geldiler. Evde, yerde duran çiçek ve kartı görünce o günü anımsadım. Yerde duran telefonumu şarja taktım; Ian aradıysa ulaşamadığı için endişelenebilirdi.

Sonra çiçeği alıp kanepeye oturdum. Kartı açınca gözlerime inanamadım.

Benim küçük meleğim,

Dünyaya hoş geldin. Seni ve güzel anneni görmek için sabırsızlanıyorum.

Seni çok seven baban,

IAN

Nasıl olurdu? Ian nasıl olur da Amy'nin doğacağı gün eve çiçek gönderebilirdi? O anda aklıma kuryenin elindeki siyah kutu geldi. Gözlerim kutuyu aradı. Mutfak tezgâhında duruyordu. Hemen koşup aldım ve içini açtım. İçinde onlarca mektup vardı. Ian hem bana hem de kızımıza olan özlemini her fırsatta kâğıda dökmüştü. Hepsini bir solukta okudum. Son mektubunda Amy'nin Aralık'ın 17'sinde doğacağını rüyasında gördüğünü, çok heyecanlı olduğunu yazmıştı. *Rüyamın gerçek olacağına öyle çok inanıyorum ki 17 Aralık'ta kızımın doğumunu ilk ben kutlayacağım,* diyordu.

Sahiden de öyle yapmıştı. O herkesten önce tebrik etmişti küçük meleğimizi gönderdiği zarif çiçekle.

Çok duygulanmıştım. Telefonumu açtığımda Ian'dan gelen arama ve mesajlar olduğunu gördüm. Şaşkındım çünkü bir süredir büyük bir iletişim sıkıntısı çekiyorduk. Bir gün içerisinde bu kadar çok kez arayıp yazabilmesi çok şaşırtıcıydı.

Mesajlarında beni çok merak ettiğini söylüyor, ne evden ne de cep telefonundan ulaşabildiği için sancılandığımdan korktuğunu yazıyordu. Son mesajındaysa adresimize acilen bir ambulans yönlendirdiğini yazıyordu.

Bu tek kelimeyle inanılmazdı. Demek Ian göndermişti o ambulansı...

Kocam hem benim hem de kızımızın hayatını kurtarmıştı.

Ve daha da güzeli en son aldığım haberdi: Ian yoldaydı ve artık evimize dönüyordu.

Mucize gibi bir gündü. Hayatım boyunca unutamayacağım bir anıydı bu benim için. Aradaki onca mesafeye rağmen Ian zor anımda elimden tutmayı yine başarmış, sevginin gücünü kanıtlamıştı. Birbirimizi göremesek de, seslerimizi duyamasak da aşk bir yol bulup bizi yine buluşturmuştu işte.

Mucizelerin en güzeli, içinde aşk barındırandır bence.

Ya sizce?

Kim âşık olmuşsa, kendisinin eksik parçalarını arıyordur. Bu yüzden âşık, maşuğunu düşündükçe acı çeker. Bu tıpkı, uzun zamandır görmediğin birinin odasına girdiğinde bulduğun anılar gibidir.

Haruki Murakami

Yepyeni Bir Sayfa

"Birine hoşça kal diyebilecek kadar cesaretinizi toplarsanız; hayat size yeni bir merhaba ile selam verir."

Paulo Coelho

Dövmeciden çıktığımda çocuklar gibi mutluydum. Hayatım boyunca dövmeyle ya da o tip asiliklerle işim olmamıştı çünkü her zaman söz dinleyen, sürüye uyan, çatlak ses olmaktan korkan ve sivrilmekten çekinen bir tiptim. Bu hep böyle oldu: okul yıllarında da, evlilik yıllarında da...

Hatta kocam hastalığımı bahane edip beni bırakıp gittiğinde bile gönlümce bağıra çağıra ağlayamadım birileri duyar diye. Hatta kimseye gerçekte ne düşündüğümü, ne hissettiğimi, içimde nasıl bir fırtına koptuğunu anlatamadım.

Hep içime attım ömrüm boyunca çektiğim acıları. Çünkü iyi bir eş, iyi bir anne olarak bilinmek, başkalarının gözünde ideali oynamak çocukluğumdan beri bana öğretilen yegâne şeydi. Bu, ömrümün hastalığıma kadar olan kısmını eline alan, yöneten ve mahveden hastalıklı bir öğretiydi.

Kocam Frank, evliliğimiz boyunca beni sindiren, aşağı çeken ve hatta küçümseyen bir tavır takındı bana karşı. Beni aldattığını da içten içe hissediyordum ama hep sessiz kalıp görmezden geldim. Oğlumuz Simon doğduktan sonra kendimi tamamen anne olmaya -herkesin "iyi anne" olarak gördüğü bir anne olmaya- adadım. Zaten bana uzak olan kocam, bu vesileyle benden iyice koptu. Simon da büyüdükçe vaktinin çoğunu arkadaşlarıyla geçirmeye başladı. Bense o evde bir süs bitkisi gibi sessizce birilerinden ilgi ve sevgi bekliyordum.

Bir gün fenalaştım. Zaten uzun süredir kendimi iyi hissetmiyordum. Tetkiklerden sonra doktor kanser olduğumu söyledi. Acilen ameliyat olmam gerekiyordu. Bir göğsüm alınacaktı.

Ne söylenebilir ki? Yıkılmıştım. Evdekilere durumu anlattığımda aldığım tepkiler, doktorun söylediklerinden daha çok acıtmıştı canımı.

Oğlum arkadaşlarıyla karar verdiklerini, trenle dünyayı dolaşacaklarını, bir süre buralarda olamayacağını söyledi. Frank ise hemen bir bakıcı ayarlamamı, benimle ilgilenebileceğini sanmadığını söyledi. Bana bakmasını beklemiyordum ancak en azından bir üzüntü belirtisi görmek isterdim yüzünde bunca yılın hatırına.

Yükselmek için en dibe vurmalısın, derler. İşte ben de o gece en dibe vurdum.

Yıllarca ailem için çalışıp çabalamış, kendimi bir kenara atmıştım. Kendime saygı duymayı unutalı çok olmuştu. Bu sebepten ötürü saygı da görmüyordum zaten. Hep birileri için fedakârlık yaparak ilgi görmeyi umdum. Ve umduğumu bulamadım. Sonunda yapayalnızdım işte.

O gece sessizce ağladım ve çok düşündüm. Ve bazı kararlar aldım. Artık hayatımda yeni bir sayfa açacak ve bu hastalığı yenmeyi başarırsam bambaşka bir insan olacaktım. Buna kesin olarak karar verdim ve ertesi gün, hastaneye gidip ameliyat için gün aldım.

Kimseye haber vermedim ve bu kez kimseden ilgi, şefkat de beklemedim. Bu artık tamamen benim varoluş savaşımdı ve artık kimseden bir beklentim olmadan, sırtımı dayamadan yaşamımı sürdürebildiğimi kendime -evet, bu kez başkalarına değil kendime- kanıtlamalıydım.

Ameliyata girdim; doktor başarılı geçtiğini ve iyileşme sürecinde moralimi yüksek tutmam gerektiğini söyledi. Kendime söz vermiştim ve başarmak için elimden geleni yapacaktım. Bu kez kararlıydım.

Hastanedeyken oğlum Simon bazen ziyaretime geliyordu ama Frank bir kez bile yanına gelmedi. Ameliyatımı duyan birkaç arkadaşım toplanıp beni görmeye geldiklerinde, içlerinden en zevzek olanı kocam Frank'in genç bir kadınla tatile çıktığını güya ağzından kaçırdı. Yapılacak işler listesinin en başına bir yeni madde daha ekledim o an:

Hastaneden çıkar çıkmaz boşanma davası aç.

Ve tedavi sonlanıp da evime döndüğümde hayat artık çok başka görünüyordu gözüme. Üzerimdeki manevi yüklerden ve bana değer vermeyen insanlardan bir bir kurtulacaktım.

Artık hayatımda sahte yüzler olmayacak, listemdeki ikinci maddeydi. İlkini hayata geçirmek için vakit kaybetmedim ve Frank'e boşanma davası açtım. Ve sonra listemdeki maddeleri bir bir hayata geçirmeye başladım.

Hastalığımı ve Frank'i geride bırakalı bir yıl oldu. Yapılacaklar listem hâlâ oldukça kabarık ama maddeleri uygulamaya devam ediyorum. Canımın istediği şeyleri yapılacaklar listeme ekleyip duruyorum. Bugün sırada dövme yaptırmak vardı. Biraz canım yandı ama çok havalı oldum!

Artık hayatım çok daha eğlenceli ve manalı.

Hem, aramızda kalsın ama listemin bir köşesine, *"Âşık olunacak!"* diye bir madde bile ekledim! Beyaz atlı prensimin gelmesini dört gözle bekliyorum. O gelene kadar hayatın tadını çıkarmaya tam gaz devam edeceğim ve bir daha asla o eski kadın olmayacağım.

Hayatımda açtığım bu yepyeni sayfayı bu kez, dönüp tekrar tekrar okumak isteyeceğim anılarla dolduracağım.

Köstebekli Saat

"Her anımız aslında bir hatıra niteliği taşır. Sadece büyük ve önemli olaylar değil küçük anlar da anımsanmaya değerdir."

Darien Gee

Yaşlı kadının o tozlu, karanlık odasına kimsenin girmesine izin yoktu. Zaten gelen gideni de pek olmazdı. Arada sırada yan komşu uğrar, bir ihtiyacı olup olmadığını sorardı. Yaşlı kadın somurtarak cevap verir, sonra kapıyı kapatınca söylenmeye başlardı.

Bu aksiliğine kimse anlam veremezdi. O da kimseye bir şeycikler anlatmazdı. Elbette yaşanmış onca şeyin bir ürünüydü bu mesafeli duruşu.

Tek bir kızı vardı, o da evlenip Belçika'ya taşınmıştı. Senede bir ya gelir ya da gelmezdi. Gelmediğinde bir kartpostal, en olmadı bir kutu çikolata gönderirdi. Arkadaşları vardı elbette ama bir bir ölmüşler, onu iyice bir başına bırakmışlardı. Böyle böyle geçen yılların eseri olarak sert bir mizaç kalmıştı ihtiyara.

Bir gün yaşlı kadını sevindirecek bir şey oldu. Bir mektup getirdi postacı.

O gün hafifçe yağmur yağıyordu yaşlı kadının yaşadığı şehirde. Her zamanki gibi sabah erkenden çayını demlemişti. Ardına kadar açılmış perdenin önündeki koltuğunda etrafı seyrederken kurabiye yiyip çayını yudumluyordu. Kapı zilini duyunca irkildi. Eteğine dökülen kırıntıları toplayıp kalkması biraz zaman almıştı ama neyse ki postacı sabırlıydı. Mektubu teslim ederken sıcak bir gülümsemeyle, "Mektup kızından, Hanımşah teyzeciğim," dedi.

Yaşlı kadın uzun zamandır ilk kez gülümsemişti. Koltuğuna geçip mektubu okudu. Her yeni bardak çayda yeniden okudu elindeki sayfayı. Kızı, torunuyla birlikte onu ziyarete gelecekti. Öyle diyordu mektupta. Bir torunu olduğunu da yine bu emektar mektuplardan biri haber vermişti yıllar önce. Kızı, bebekten sonra iyice kesmişti ayağını Türkiye'den. Torununu sadece bir kez, henüz çok küçükken görmüştü. İşte o kadar.

Mektup haklıydı, 5 gün sonra kızı ve dünyalar tatlısı torunu eski evinin kapısındaydı işte.

Ana kız çok özlemişlerdi birbirlerini illaki ama aralarındaki o görünmez duvar sarılıp hasret gidermelerine müsaade etmiyordu. Torunu bambaşkaydı ama... Anneannesi sevip okşuyor, kırışık ellerini dikkatle inceleyip öpüyordu. Yaşlı kadının içi akıp gitmişti torununa; kendi kızının çocukluğunu görmüştü sanki karşısında. Durgun, sessiz ve renksiz hayatına ışıklar dolmuştu sanki. Torunu da halinden oldukça memnun görünüyordu. Yaşlı kadının evi, küçük kızın gözüne harikalar diyarı gibi görünmüştü sanki. Her yeri keşfetme isteğiyle dolup taşıyordu minicik yüreği.

Eski döşemelerin gıcırtısı biraz ürkütmüştü onu ama olsundu, bu ev keşfedilmeyi bekleyen bir hazineydi onun gözünde.

Küçük kız, evdeki o hiç açılmayan kapının ardında neler olduğunu merak ediyordu. Kapının kolunu zorladı ama boşunaydı, kapı kilitliydi. Anneannesinin kucağına oturup tüm şirinliğiyle o odaya girmek istediğini söyledi.

"Tamam ama kimseye söyleme. Sadece sana izin var," dedi yaşlı kadın gülen gözlerle. Senelerdir çektiği yalnızlığa ilaç olmuştu bu şirin, güzel kız çocuğu. İkisi el ele tutuşup gizemli odaya gittiler. Yaşlı kadın yeleğinin iç cebindeki anahtarı çıkarıp kapıyı açtı ve birlikte odaya girdiler. İşin aslı, odanın bir özelliği yoktu; yalnızca eski, hatırası olan eşyaları oraya koyduğu için kapısını kilitli tutmayı tercih ediyordu. Torununun hevesini kırmamak için işin büyüsünü bozmadı o da.

Torununu kucağına alıp odadaki eşyaları tanıtmaya başladı birer birer. Küçük kız ilgiyle dinledi. Sıra köstekli saate gelince, kıkır kıkır gülmeye başladı. Belli ki bu kelimeyi komik bulmuştu. Yaşlı kadın da ona katıldı, birlikte gülüştüler.

"Bu saat dedenindi. Benim için çok kıymetlidir," dedi yaşlı kadın. Dinleyen kim? Küçük kız hayallere dalmıştı bile. "Peki anneanneciğim, bu kocaman saatler bu küçücük köstebekli saati dövmezler mi? Yoksa gece olunca saatin içindeki köstebek çıkıyor ve evin altını kazıp onlardan kaçıyor mu?"

Çocuk işte, diyerek gülümsedi yaşlı kadın. Çok eğleniyordu torununun hayallerini dinlerken.

Artık odanın kapısı kilitli değildi ve torunu her gün odaya girip eski eşyalarla oynuyordu. Ancak köstekli saat onun en sevdiği olmuştu. Küçük kız her gün değişik hikâyeler uyduruyordu "köstebekli saat" ile ilgili.

Günler böyle geçip gitti ve ayrılık vakti gelip çattı. Yaşlı kadının gözleri dolmuştu. Elleri üzüntüyle titrerken torununu kucağına aldı. Özenle sardığı, kocasından hatıra kalan köstekli saati torununun eline tutuşturdu. "Ona senden daha iyi kimse bakamaz yavrucuğum," dedi. Küçük kız sevinçten zıplamaya, çığlık atmaya başladı. İnanamıyordu. Anneannesinin kıymetli saati artık onun olacaktı demek.

Bu, küçük kız için unutulmaz bir andı.

Küçük kız eve dönünce anneannesinin siyah beyaz bir fotoğrafını da bulacaktı saatin yanında.

Torununa veda ettikten sonra yaşlı kadın eski hayatına geri döndü ama artık herkese gülümseyen, çocuklara her gün tatlılar, şekerler ikram eden bir kadına dönüşmüştü. Mahallede ona herkes "pamuk nine" der olmuştu artık.

Yıllar geçti ama küçük kız ne o anı ne de anneannesinin sıcaklığını unuttu. Büyüyüp serpilmiş, çok güzel bir genç kız olmuştu. Köstekli saati senelerdir odasının en güzel yerinde tutuyor, her gün tozunu alıp temizliyordu. Çocukluğuna dair çok hoş bir anıydı yaptığı o ziyaret. Bir daha da tekrarlanmamıştı zaten. Hiç unutmamıştı anneannesini. Hep aklındaydı ona, kendisine olmasa da ruhuna kalıcı bir armağan vermek.

O gün, diğerlerinden farklıydı. Köstekli saati eline alıp uzun uzun baktı. Tozunu aldıktan sonra parlak yüzeyine bir öpücük kondurdu. Anneannesiyle geçirdiği o birkaç günü düşününce yine gözleri doldu.

Çok hevesliydi. Senelerdir kâğıda dökmeyi planladığı romanının ilk satırını yazmak üzere çalışma masasına geçti. Köstekli saati ve ananesinin resmini duvara yaslayıp yazmaya koyuldu. Kitabın adı uzun zamandır belliydi.

İlk kelimeler sevgiyle döküldü parmaklarından:

Köstebekli Saat

Hayatınızda denge sorunu varsa etrafınıza dikkatlice bakın; muhtemelen birini yanlış bir yere koymuşsunuzdur.

Jean Christophe Grange

Benim Küçük Kahramanım

"Köpeğiniz dünya üzerinde sizi kendinizden bile daha çok sevecek tek kişidir."

Josh Billings

Küçük dostum Mauro, ailemizin ilk göz ağrısıdır. Dünyalar tatlısı bu Golden, evliliğimizin ilk yıllarında neşemize neşe katan, bizi birbirimize daha da sıkıca bağlayan en küçük aile üyemizdi. Şöyle söyleyeyim: Aile albümlerimi karıştırırken Maurosuz bir fotoğraf görmek neredeyse imkânsızdır! Paris'te, Münih'te, Sidney'de... Mauro'yu da yanımıza almadan seyahate çıkmazdık. Onu çok seviyorduk. Onu bu kadar sevip sahiplenmemizde, onun gerçekten özel bir canlı oluşunun payı büyük elbette.

Bir keresinde Mauro komşunun evine giren hırsızı fark edip kovalayınca civarın en cesur köpeği ilan edilmişti. Hele bir keresinde süpermarkette tekerlekli sandalyedeki bir ihtiyara alışveriş etmesinde yardımcı olmuştu. Nasıl mı? İhtiyarın parmağıyla gösterdiklerini ağzıyla kapıp kucağındaki sepete bırakarak! Herkes hayran kalmıştı o gün Mauro'nun yaptıklarına. Bir keresinde de yeni doğmuş bir yavrunun ve annenin hayatını kurtarmıştı. O gün ağzında küçücük bir yavruyla yanımıza gelmiş ve dikkatimizi anne köpeğin yattığı yere çekmek için elinden geleni yapmıştı. Anne köpeğin doğum yaptığı yere gitmemizi sağladığı için kanaması olan anneyi ve solunum sıkıntısı çeken bebeği veterinere yetiştirip hayatlarını kurtarmıştık Mauro sayesinde. Sanki bir yerlerde ona ihtiyacı olanları hissedip yardıma koşuyordu. İşte böyle özel bir köpekti Mauro. Bizim gözümüzde adeta bir süper kahramandı!

Mauro'dan sonra ailemize yeni bir üye katıldı. Bir bebeğimiz oldu. Oğlumuz Melvin, doğduğundan beri Mauro'nun koruması altındaydı diyebilirim. Etrafımızdaki çoğu kişi Mauro'nun bebeğe zarar verebileceği konusunda bizi uyarıyordu ama durum hiç de sandıkları değildi. Onun bebeğimize zarar vermesi, başımıza gelebilecek en son şey olabilirdi ancak! O, Melvin'i öyle çok seviyor ve kolluyordu ki…

Mauro, Melvin'in koruyucu meleğiydi adeta. Hatta, onu büyük bir kazadan kurtararak bunu kanıtlamıştı aslına bakarsanız.

Melvin'in ilk yaş günüydü. Tüm sevdiklerimizin yanımızda olduğu, kalabalık bir doğum günü partisi düzenlemiştik. Evimizin bahçesine masalar kurmuş, barbeküler yerleştirmiş ve çocuklar için de çok eğlenceli bir oyun alanı hazırlamıştık. Parti harika geçiyordu. Herkes halinden memnundu. Ben, uykusu geldiği için Melvin'i yatırmak üzere bebek odasına geçmiştim. Melvin uyuduktan sonra da bebek telsizini açıp bahçeye, misafirlerin yanına indim. Kısa bir süre korkunç bir gürültü koptu ve ardından Melvin'in çığlığı duyuldu.

Neler olduğunu anlamak için hemen bebek odasına koştuk. Odaya girdiğimde beşiğin olduğu yere devrilen giysi dolabını görünce titremeye başladım. Ama Mauro'nun havladığı yöne bakınca yanındaki beşiği gördüm ve hemen koşup içine baktım. Evet, Melvin oradaydı, güvendeydi. Ama neler olduğunu bilmiyordum, kafam allak bullak olmuştu. Odadaki kameranın kaydını izleyince, benim küçük kahramanımın Melvin'in hayatını nasıl kurtardığını gördüm.

Sonradan hikâyenin aslını öğrendik ve neyse ki kimseye zarar gelmeden bu durumu atlattık.

Komşumuzun sevimli -ama bir o kadar da haşarı- oğulları, oyun alanındaki diğer çocukları saklambaç oynamaya ikna etmişler. Herkes bir yere dağılmış; tüm çocuklar bahçedeki çalılıkların, ağaçların ardında saklanırken onlar evin içinde saklanmayı tercih etmişler. Sonra da Melvin'in odasını seçmişler.

Çocuk aklıyla orada onları kimsenin bulamayacağını düşünmüş olmalılar. Odaya giren çocuklar, bebeğin uyuduğunu görünce masum bir şekilde parmak ucunda yürümeye başlıyorlar; değil Melvin'e zarar vermek istemek, onu uyandırmaktan bile korkuyorlar belli ki. Sonra sağa sola bakınıp saklanacak bir yer arıyorlar. En sonunda da dolabın içine girmeye karar veriyorlar.

Dolabın kapağını açan afacanlardan biri içine girince diğerine yer kalmıyor. Hal böyle olunca diğeri kendine saklanacak bir yer bakıyor telaşla. Sonra Melvin'in çamaşır dolabının çekmecelerini açıp bir merdiven gibi kullanarak üzerine çıkıyor. Oradan da giysi dolabının üzerine çıkmaya çalışıyor. Dolabın içindeki kardeş tehlikeyi sezip dolaptan çıkıyor ve kardeşine dolaba tırmanmaması için el kol hareketi yapıyor. O esnada -büyük ihtimalle olan biteni kapı eşiğinde izleyen- Mauro hemen beşiğin yanına koşuyor ve var gücüyle itmeye başlıyor. Tanrı'ya şükür tekerlekleri olan beşiği itmeyi başarıyor. Üzerindeki çocuğun dengesini kaybetmesiyle sallanan dolap büyük bir gümbürtüyle devriliyor ve mucize eseri ne Melvin'in ne de diğer çocukların burnu bile kanamıyor.

İşte bu olaydan sonra Mauro'nun, oğlumun koruyucu meleği olduğundan emin oldum. Eğer o tehlikeyi sezip çocukları izlemeseydi, Melvin'i korumak için onun yanında bekleyip beşiğini itmeseydi şimdi Melvin aramızda olmayabilirdi. Çok ama çok acı bir tecrübe yaşamış ve belki de büyük acılar çekmiş olabilirdik.

Ama Mauro oradaydı ve oğlumu kurtardı.

O benim küçük kahramanım ve hep öyle kalacak.

Kutsal Meslek

"Ana, ailenin güneşidir. Bir ailede o olmazsa orada büyüyen çocuklar gölgede kalmış meyveler gibi olgunlaşmazlar."

Pestalozzi

Yıllar boyunca annemden utanarak yaşadım. Bunun ne büyük bir hata olduğunu anlamam ise çok uzun zaman aldı. Annem, babamı bir trafik kazasında kaybettiğimiz için beni tek başına büyüttü. Bu yüzden zorlu bir hayat geçirdik. Annem evlere temizliğe gidiyor ve geçimimizi bu şekilde sağlıyordu. Ben ise annemin, sınıf arkadaşlarımdan bazılarının bile evine temizliğe gitmesinden çok ama çok utanıyordum. Bu yüzden de çoğu zaman annemi görmezden geliyordum.

Aslına bakarsanız annemin evlere temizliğe gidiyor oluşu yalnızca beni rahatsız ediyordu. Annemin, evlerine gittiği arkadaşlarımdan hiçbiri bana bu konuda bir şey demiyor ya da benimle alay etmiyordu. Ama ben, o zamanki çocuk aklımla bana acıdıkları için yüzüme karşı bir şey söylemiyorlar diye düşünüp içten içe sinirleniyordum.

Ergenlik dönemim tek bir düşünce etrafında geçti: "Annem gibi olmayacağım." Evet, onun gibi olmayacaktım.

Elimden ne gelirse yapacak, iyi okullarda okuyacak ve çok başarılı olacaktım. Herkes beni parmakla gösterecek ve bana imrenecekti. Bundan başka bir hayalim ve amacım yoktu. Bunun için de gerçekten çok çalıştım ve önce iyi bir lisede, ardından da ülkenin en iyi üniversitesinin tıp fakültesinde okumaya hak kazandım.

Yıllar sonra, artık herkesin parmakla gösterdiği, ülkenin sayılı beyin cerrahlarından biri olmuştum. Kendime verdiğim sözü tutmuş, amacımı gerçekleştirmiştim. Annemi de yanıma alıp en azından emekliliğini rahat bir şekilde yaşamasını sağladım.

Çok geçmeden çalıştığım hastanenin doktorlarından biriyle evlenip bir süre sonra da anne oldum. Hayatımdaki eksikler teker teker giderilmiş ve her açıdan tam bir yetişkin olmuştum. Artık tek amacım, kızım Maya'nın geleceğini garantiye almaktı. Gece gündüz demeden çalışıp biricik kızımın, ileride benim zamanında yaşadıklarımı yaşamaması için uğraştım.

Maya okul çağına geldiğinde onu şehrin en iyi okullarından birine gönderebilecek durumda olsam da bunun için de sürekli çalışmam gerekiyordu. Ama kızım için her şeyi yapabilirdim. Yaptım da. Ama yoğun çalışma tempom yüzünden eşim Robert beni terk etti ve bir daha ondan haber alamadım.

Robert'ın gidişi, beni okul masraflarını ödeme konusunda zora sokunca bir hastanede yarım gün çalışacağım bir pozisyon buldum. Bu sayede Maya'nın eğitimi aksamayacaktı ve iyi bir geleceği olacaktı.

Yıllar geçip gidiyor ve ben gece gündüz demeden Maya için çalışıyordum. Ta ki bir gün, Maya'nın karne törenine gitmeyi unutana kadar. O gün üç operasyonum vardı ve karne töreni tamamen aklımdan çıkmıştı. Gece geç bir saatte eve gittiğimde annemle Maya'yı, Maya'nın yatağında uyurken buldum.

O sırada telefonumdan gelen bip sesi üzerine telefonumu açtığımda annemden gelen on beş cevapsız aramayı gördüm. İlk arayışında telefonu açar açmaz onu sonra arayacağımı söyleyip, cevap vermesine fırsat bile vermeden kapatmıştım. İşte o zaman, o gün Maya'nın karne alacağını hatırladım. Benim sesimi duyan annem uyandı ve bana hiçbir şey söylemeden Maya'nın üzerini örtüp kendi odasına çekildi.

Sabah kendimi affettirmek için erkenden kalkıp güzel bir kahvaltı hazırladım. Anneme ve Maya'ya seslendikten sonra fincanlara çayları doldurup onları beklemeye başladım. Beş dakika kadar sonra annem geldi ama Maya yoktu. Uyanamadı herhalde, diye düşünüp odasına gittiğimde Maya'nın, yatağında sessizce ağladığını gördüm.

"Maya… Ben. Ben çok üzg…" diye söze başlamamla Maya'nın sözümü kesmesi bir oldu.

"Bana üzgün olduğunu falan söyleme anne! Biliyor musun? Aslında üzgün olabilirsin çünkü bu dünyadaki en kötü anne sensin. İşte buna üzülebilirsin. Hiçbir anımda yanımda olmadın. Tek yaptığın çalışmak, çalışmak, çalışmak! Benimle hiç ilgilenmedin. Evet, harika bir okulda okuyorum ve bunun için sana minnettarım ama benim iyi bir okuldan çok, her anımda yanımda ve bana destek olan bir anneye ihtiyacım var. Ve bu, parayla satın alabileceğim bir şey değil!"

Maya'nın söylediklerinin ne kadar doğru olduğunu, duyana kadar fark etmemiştim bile. Kendimi işime öyle kaptırmıştım ki hayatımdaki en değerli varlığı unutmuştum. Tıpkı yıllar önce, iyi bir geleceğim olsun diye annemi unuttuğum gibi. Oysa annem beni hiç unutmamıştı. İşten ne kadar yorgun dönerse dönsün bana her zaman vakit ayırmıştı. Beni elinden geldiğince güzel yemeklerle beslemiş, maddi manevi tüm ihtiyaçlarımı karşılamak için ne gerekirse yapmıştı. Peki tüm bunlara karşılık ben ne yapmıştım? Onu görmezden gelmiş ve büyük bencillik etmiştim. Hem de onun sayesinde okuyabildiğim gerçeğini de göz ardı ederek...

Kızımın, normalde bir anneyi sinirden deliye döndürecek sözleri, bende büyük bir uyanışa sebep olmuştu. Yıllardır yaptığım tüm hatalar birer birer gözümün önünden geçmiş ve kendime gelmemi sağlamıştı. O an tek yapabildiğim, Maya'ya sarılıp ondan defalarca özür dilemek oldu.

Biraz kendime geldikten sonra annemin yanına gidip ona da sımsıkı sarıldım ve onca yıl yaptığım her şey için özür diledim. İkisini de kahvaltı masasına davet edip onlarla uzun uzun konuştum. Herkesin içini döküp rahatladığı rehberlik seanslarından birini yaşıyorduk adeta. Ve bunu yapmak, yani yıllardır içimizde birikenleri dökmek hepimize çok iyi gelmişti.

O günden sonra ilk işim, ek olarak yaptığım işi bırakıp Maya'ya ve anneme daha çok zaman ayırmak oldu. Artık her hafta sonu birlikte bir şeyler yapıyor, akşam eve geldiğimde saatlerce sohbet ediyor ve her fırsatta birbirimize sahip olduğumuz için ne kadar şanslı olduğumuzu dile getiriyorduk. Geç de olsa hatalarımın farkına varmış ve bazı şeyler için geç kalmadan, her şeyi telafi etme fırsatı bulmuştum. Ve en önemlisi de o gün, anneliğin gerçekten de en kutsal meslek olduğunu anlamıştım.

Aşk, karşılıklı geçip birbirlerinin gözünün içine bakmak değil, el ele verip ileride aynı noktaya bakmak ve yine el ele o noktaya doğru ilerlemektir.

Antoine De Saint-Exupéry

Üç Sihirli Kelime

"Yaşam, gülmeyi; sevgi, hak etmeyi; vefa, unutmamayı; dostluk, sadık kalmayı bilenler içindir."

Mevlânâ

Şehrin en işlek caddelerinden birinde, küçük bir büfem var. Uzun yıllardır burayı tek başıma işletiyorum. Gazete, dergi, içecek… çok çeşitli ürün sattığım büfemin müşterisi de çok. Hele belli saatlerde önünde kuyruk bile olur. Civarda çalışan ve dolayısıyla her gün büfeye uğrayan müşterilerle merhabalaşır, kısa sohbetler ederiz. Bazen bu sohbetler uzar, hatta bazen arkadaşlık kurarız. Bu kadar insanla iç içe bir meslekte olunca, ister istemez böyle deneyimler yaşıyor insan. Kimisiyle yüzeysel sohbetler ederken, milyonda bir de olsa insanın ruhuna dokunabilen kişilere da denk gelebiliyorsun.

İşte bu tip özel müşterilerimden biri de, her sabah ve akşam büfeye uğramadan geçmeyen ihtiyar Raymond'dı. Her sabah büfeye uğrar, gazetesini ve zamanı geldiğinde aylık ekonomi ve tarih dergilerini alır, akşamları da geçerken selam verirdi. Tıpkı işe giden müşterilerim gibi sabah ve akşam belli saatlerde geçerdi büfenin önünden. Hem de her iş günü. Bu beni şaşırtsa da saygısızlık etmemek adına bir şey sormazdım.

Bir gün gazetesini aldıktan sonra sanki aklımdaki soru işaretini fark etmişçesine, "Selam genç adam, nasılsın? Ben Raymond. Kısaca Ray diyebilirsin," dedi ve gülümseyerek elini uzattı. Yaşlı bir adamdı. Yaşından beklenmeyecek kadar dinçti; ayrıca özenli ve şık giyimliydi. Konuşması oldukça düzgün ve kibardı. Sıcacık bakan gözleri vardı. İlk bakışta samimiyetini hissediyordu insan. Elini sıktım ve böylece tanıştık.

Artık her gelişinde Ray ile sohbet ediyorduk. Oldukça hoşsohbet bir ihtiyardı. Sohbetlerimiz kısa sürerdi ancak Ray'in insanın ruhunu okşayan bir anlatım tarzı vardı. İnsanı bunaltan, yoğun günlerde Ray'in sohbeti çok iyi geliyordu. Bir gün iş çıkışında dayanamayıp, "Buralarda mı çalışıyorsun?" diye sordum. Gülümseyerek, "Evet," dedi. Cevabın beni tatmin etmediğini anlamış olacak ki, "Bir dostum için çalışıyorum," diye ekledi. "Yani dostunun şirketinde, öyle mi?" dedim belki de biraz haddimi aşarak. Ray'in her sabah aynı saatte bir yere gittiği ve akşam olunca döndüğü kesindi. Yaşı itibarıyla onun için zor olmalıydı çalışmak. Belki de ona bir yardımım dokunur, diye düşündüm. O yüzden biraz fazla üstelemiş olabilirim, kabul ediyorum.

"Hafta sonu seni evime davet etsem, iştirak eder misin genç adam? Böylece uzun uzun sohbet edebiliriz. Sen de aklındaki tüm soruları rahatça sorabilirsin. Ne dersin?" diye sordu gülümseyerek. Yanaklarım kızardı; meraklının teki gibi görünmek istemiyordum ama şu koca çenemi tutamadığım için yine komik duruma düşmüştüm. Halimi anlamış olacak ki, "Haydi ama, bu yaşlı adamın teklifini geri çevirmeyeceksin, değil mi?" dedi göz kırparak.

"Elbette, memnuniyetle geleceğim, Ray. Adresini alabilir miyim?"

Titreyen eliyle yavaşça ama muntazam bir el yazısıyla adresini yazdı.

Hafta sonunu iple çekiyordum.

Nihayet Ray'le buluşacağımız gün gelmişti. Normal şartlar altında hafta sonları tüm gün yatıp dinlenmeyi tercih ederdim ama Raymond'ın sıcak karşılaması tüm yorgunluğumu unutturmuştu. Kahvemizi demlemiş, hatta yanına kurabiye bile yapmıştı. Benim gibi her şeyi hazır alan, mutfakta vakit geçirmeyi eziyetten sayan bir adam için çok şaşırtıcı bir manzaraydı. "Dışarıdan sipariş verirdik, keşke yormasaydın kendini," dediğimde her zamanki gülümsemesiyle, "Evde pişmiş kurabiyenin tadını market reyonlarında bulamazsın. Hem ölünce dinlenecek çok vaktimiz olacak, şimdi çalışma zamanı evlat," dedi. O an ihtiyar olan ben miyim yoksa Ray mi, diye düşündüm. Sanırım bendim ihtiyar olan. Bizim jenerasyonun bedenleri genç olsa da ruhları ihtiyardı.

Kahvelerimizi alıp verandaya geçtik. Ilık bir rüzgar esiyordu; hava muhteşemdi. "Buraya gelerek beni çok mutlu ettin. Hafta sonlarını biraz sıkıcı bulurum doğrusu. Hafta içi zaman su gibi akıp gidiyor ancak hafta sonu geldiğinde kendimi çok yalnız hissediyorum ama şu yaşlı bedenimi şarja takmazsam hafta içi iş göremez hale geliyorum."

İşte tam zamanı, dedim içimden.

"Ray, her gün aynı saatte bir yerlere gidip dönüyorsun. Açıkçası çok merak ediyorum. Yani eğer paraya ihtiyacın olduğu için çalışıyorsan, yani bir dostum için çalışıyorum demiştim ama yine de eğer bu yaşta mecburiyetten..."

"Benim değil onun ihtiyacı var ama paraya değil."

"Ray, söylediklerinden hiçbir şey anlamıyorum. Kimin, neye ihtiyacı var?"

"Bir dostumun ilgiye ihtiyacı var evlat."

Kafam iyice karışmıştı. Sessiz kalıp Raymond'ın olan biteni anlatmasını bekledim.

"Gençliğimde orduda subaydım. Hayatımın büyük bölümünü asker olarak geçirdim. Birlikte görev yaptığım, aynı yatakhanede uyuyup aynı yemekhanede yemek yediğim bir dostum vardı. Çok severdik birbirimizi; her türlü yardımına koşardık birbirimizin. Ailelerimiz hep uzağımızda oldu görevlerimiz sebebiyle; işte bu yüzden can yoldaşı olmuştuk birbirimize. Ben evlenmedim ama dostum Mark evlenmişti. Suların bir türlü durulmadığı bir evliliği ve bu evlilikten de dik başlı, ele avuca sığmayan bir kızı olmuştu.

Seneler süren dostluğumuz, emeklilik yıllarında da sürdü. Bir gün Mark'ın başına bir kaza geldi. Gece çöpü çıkarmaya çıktığında bir serserinin saldırısına uğradı ve başına aldığı darbe sonucu komaya girdi. Uzun bir süre komada kaldı. Ve felç oldu. Tüm bunlar yetmezmiş gibi karısı, kızını da alıp onu terk etti. Çok zor günlerdi."

Gözleri dolunca bir bahane bulup içeri gitti. Döndüğünde daha iyi görünüyordu. "Neyse, yaşlılık işte. Sen bana bakma… Ne diyordum? Hah, evet… Mark'ı yalnız bırakmadım. Tedavilerini bir gün bile aksatmadım. Ne gerekiyorsa elimden geldiğince yaptım. Şükürler olsun ki dostum güçlü bir adamdı; yıllar içerisinde çok çabaladı ve iyileşme gösterdi. Karısı ve kızı bu süre zarfında onu görmeye hiç gelmedi.

İhtiyaçları için yıllardır görevliler evine gelir. Ben de her gün, akşama kadar yanında kalıp onunla sohbet ediyor, elimden gelen işlerini yapıyorum. Bu, senelerdir böyle gidiyor. Mark'ı defalarca benim evimde kalmaya ikna etmeye çalıştım ama başaramadım. Ah, aksi ihtiyarın tekidir," dedi gülümseyerek.

Çok etkilenmiştim. "Tanımayı çok isterdim," dedim.

"Sahiden mi? İlk fırsatta tanıştırayım sizi öyleyse. Çok seveceğinden eminim," dedi.

Şaşkınlığımı üzerimden atamıyordum. Arkadaşlıkların, dostlukların hatta evliliklerin bozuk para gibi harcandığı bir dönemde böylesine vefalı birini bulmak, bir uzaylıyla karşılaşmakla eşdeğerdi benim gözümde.

"Nasıl yapabildin bunu? Senelerce bıkıp usanmadan nasıl başardın?"

Bir süre sessiz kaldıktan sonra gözlerimin içine baktı: "Hayat, sevgi yoksa yaşanılmaz evlat. Tüm kalbinle seveceksin. Ve sevgine sadık kalacak, sevdiğine karşı vefalı olacaksın. İşte bu üç kelimenin hakkını vermek için yaşarsan sen de başarırsın."

"Üç sihirli kelime: sevgi, sadakat, vefa."

O günden sonra Ray ile daha sık görüşmeye başladık. Beni Mark ile tanıştırdı. Her fırsatta ben de ihtiyaçlarını karşılamada Ray'e yardımcı olmak için onun peşine takılıp Mark'ı görmeye gidiyorum. Ray'in bu vefalı davranışı beni başka biri haline getirdi. Artık etrafımdakilere karşı daha düşünceli ve yardımsever davranmaya gayret ediyorum. Ve o 3 sihirli kelimenin hakkını vererek yaşamak için tüm kalbimle elimden geleni yapıyorum.

Benim Sadık Dostum

"Köpeklerin en büyük korkusu evden onsuz çıktığınızda tekrar geri gelmeyeceğinizdir."

Stanley Coren

Bundan üç yıl önceydi. Doğal afetin vurduğu bir bölgede yardım çalışmaları için bulunmaktaydım. Öyle acı manzaralarla karşılaşıyorduk ki her gün türlü türlü üzüntü yaşıyorduk. İyi şeyler de oluyordu elbette. Kurtardığımız hayatlar, dokunduğumuz ruhlar da çoktu ve aldığımız reaksiyonlar bizi hayata daha sıkı bağlıyor, dayanma gücümüzü artırıyordu. Buna ihtiyacımız vardı çünkü yaptığımız görev hiç kolay değildi.

Bir gün, çalışma arkadaşlarımdan biri demirden bir kafese hapsedilmiş bir köpek getirdi. Çok telaşlıydı, neye uğradığını şaşırmıştı.

"Az daha sular kafese kadar ulaşacakmış. Tam zamanında yetiştik. Bunu ona kim yapmış olabilir?" diye bağırdı.

"Vahşet, bu tam anlamıyla vahşet!" deyip duruyordu.

Kafesi bir an önce açmak için çalışmalara başladık. İtfaiye görevlilerini aradık. Uzun uğraşlardan sonra zavallı hayvanı oradan kurtardık. Hayvanları çok severim ama bu köpeği ilk gördüğüm anda sahiplenmek istedim. Öyle korkmuştu, öyle çaresizdi ki bir daha böyle bir travma yaşamasını istemedim ve dönerken onu da eve götürmeye karar verdim.

Görev sonlanınca eve döndük Neno'yla birlikte. Ona bu adı verdim. Öyle uyumlu, öyle zeki bir köpekti ki ona hayran olmamak imkânsızdı. Yaşadığı o kötü anıların beyninden silinip gitmesi için çabalıyordum, bir tür yarışa girmiştim resmen. İnsanların nasıl böylesine kötü olabildiğini, nasıl etrafına böyle pervasızca zarar verebildiğini aklım almıyordu bir türlü. Neno'nun o kafeste sulara gömülüp can verdiğini düşünmek... Kanım çekiliyordu.

Ona eğitim aldırmaya karar verdim, böylece kütüphanede görev yapabilecekti. Küçük çocukların okumalarına yardımcı olmak eminim Neno'ya da çok iyi gelecekti. Eğitim tamamlandıktan sonra düzenli olarak kütüphanede görev yaptı. Okuma güçlüğü çeken çocukları dinliyor, çocuklar da kendilerini gözetleyen bir öğretmen olmayışının verdiği rahatlıkla Neno'ya okuma yapıyorlardı.

Neno bu işte de çok başarılıydı. O göreve başladıktan sonra kütüphaneye gelen çocukların sayısı hızla artış gösterdi! Hatta bir gün genç bir bayan, yanında kızı ve oğluyla geldi. Kızını okuma güçlüğünden ötürü kütüphaneye getirmişti; Neno'ya kitap okuyacaktı. Ağabeyi, kız kardeşine zarar vereceğinden ötürü endişeli bakışlarla Neno'yu izleyip durmuştu. Neno da bunu hissetmişti elbette.

Okuma seansı bitince Neno normalde yapmadığı bir davranış sergiledi ve tüm sevecenliğiyle sırtüstü yatıp patilerini kaldırarak ve dilini çıkararak iki kardeşi oyuna davet etti. İkisi de Neno'yla oynayıp keyifli vakit geçirdi. Yani Neno, "Ben size zarar vermem!" demek istemişti açıkça! O gerçekten inanılmaz bir köpekti!

Aklımdan hiç çıkmayan bir diğer olay da kütüphaneye gelen yaşlı kadınla ilgili olandır. Neno öyle duyarlı bir köpekti ki yine bizi hayrete düşürmeyi başarmıştı. Kütüphaneye gelen yaşlı bir kadın vardı; her geldiğinde eski yılların gazetelerine, dergilerine bakardı. Aldığım duyumlara göre zamanında buraların sayılı zenginlerinden birinin eşiymiş. Çocukları da varmış ancak eşinin ölümünden sonra mal paylaşımı yapılmış ve çocuklar annelerini bırakıp dağılmışlar dört bir yana. Bu kadıncağız da kimsesizlikten sıkılmış, hem eski zamanlara dair bir şeyler okumak hem de birkaç insan görüp günü tüketmek için kütüphaneye gelmeyi alışkanlık haline getirmişti belli ki.

Neno sanki bu ihtiyarın ruhunu okumuşçasına onun yalnızlığını paylaşmaya çalışırdı; o geldiğinde hemen yanına sokulur kendini sevdirirdi. İhtiyar mecmuaları Neno'ya okur, karşılıklı konuşurlarmışçasına yorumlar yapardı. Onların bu görüntüsü her görenin yüzünde sıcacık bir tebessüm oluştururdu.

Neno diğer insanlar gibi benim de hayatıma dokundu elbette. Bunu tek bir olayla sınırlayamam; onunla geçen her gün bir şeyler öğreniyordum, daha duyarlı biri haline geliyordum ama bu kez bambaşkaydı. Neno benim hayatımı kurtardı.

O gece yine Neno'yla koyun koyuna uyuyorduk. Hiç yaşanmamış bir şey oldu ve Neno'nun üzerime atılmasıyla uyandım. Neye uğradığımı şaşırmış halde Neno'yu sakinleştirmeye çalışıyordum ancak o ben tam olarak uyanana kadar sakinleşmek bilmedi. Ertesi gün de aynı şey tekrarlanınca endişelendim ve doktoruma gidip durumu detaylı biçimde anlattım. Beni başka bir doktora yönlendirdi ve sonuç hepimizi çok şaşırttı.

Gittiğim doktor bana uyku apnesinden ötürü nefesimin tehlike sayılabilecek bir süre boyunca durduğunu, Neno'nun da bunu hissederek beni uyandırmaya çalışmış olabileceğini söyledi.

"Seni zamanında uyandırmasaydı belki şu an aramızda olmazdın. Sanırım bu akıllı köpek senin hayatını kurtardı," dedi.

Geriye dönüp baktığımda Neno'yu ilk gördüğüm gün aklıma geliyor. O an öyle çaresizdi ki onu yanıma alarak belki hayatını kurtardım ve o öyle duyarlı, sevecen ve yardımsever bir canlıydı ki sanki her gün bana teşekkür ediyor gibi bir hali vardı.

Ve sonra bana yapabileceği belki en büyük iyiliği yaptı: hayatımı kurtardı. Bazen hiç bilmeden yaptığınız, gözünüze ufak görünen bir iyilik gün gelir hayatınızı kurtarabilir. İşte benim sadık dostum bana bu büyük hayat dersini, en samimi şekliyle öğretmiş oldu.

Gizemli İhbar

"Karanlık bir tünelde yüzerken nefessiz kaldığın dönüşü olmayan bir nokta gelir. Tek çaren, bilinmeyene doğru ileri yüzmek ve bir çıkış olması için dua etmektir."

Dan Brown

Herkesin başına öyle ya da böyle, mantık çerçevesinde açıklayamadığı, olağanüstü bir olay gelmiştir. Henüz gelmediyse de bir gün mutlaka bu tip, gizemli bir olay yaşayacaktır eminim.

İşte ben de lise yıllarında böyle bir deneyim yaşamıştım. Başıma gelen o mucizevi olayı her hatırladığımda tüylerim diken diken olur.

O gün okuldan çıkıp evlerimize gitmek üzere ayrılmıştık. Doğum günümdü ve eve geç kalmak istemiyordum. Yolda, uzun zamandır görmediğim bir arkadaşımı, Thomas'ı gördüm. Eskiden bize yakın bir yerde yaşıyordu ailesiyle. Maddi durumları kötüye gittiği için evlerini satıp daha küçük bir eve taşındıkları haberi kulaktan kulağa yayılmıştı. Taşınmadan önce tek tük görüşürdük; onu arkadaş grubuma dahil etmeye çalıştıysam da bir türlü uyum sağlayamadı. Taşınacakları gün elime bir mektup sıkıştırıp gitmişti tek kelime etmeden. Ben de mektubu çantama atmıştım, sonra da unuttum gitti. Mektupta neler yazdığına dair en ufak bir fikrim yoktu. Açıp baksaydım belki olanları değiştirebilirdim ama bazı şeylerin önüne geçilemiyor, bilirsiniz.

O gün Thomas karşıma çıktığında çok şaşırmış, onu gördüğüme sevinmiştim. Biraz tuhaf bir hali vardı; göz altları mordu ve çok yorgun görünüyordu ama bu görüntüsünün tam zıttı, oldukça enerjik bir şekilde konuşuyordu. Bana bir sürprizi olduğunu, yarım saatini ona ayırmamı istediğini söyledi. Tereddüt ettim ama bir anlık zayıflık göstererek kabul ettim. Eve yarım saat geç gitsem ne kaybederim ki, diye düşündüm. Büyük bir hata yaptığımın farkında değildim. Teklifini kabul ettiğimde, "Öyleyse doğum günün kutlu olsun," deyip kollarını açtı. Bu sevecen hareketine karşılık vermek için ona sarıldım. Sarıldığımda başımı omzuna doğru bastırdığını anımsıyorum. Sonra bayılmışım. Beni bayıltmak için gömleğine bir şeyler sıkmış olmalıydı.

Gözümü açtığımda karanlık bir odadaydım; Thomas da karşımda oturmuş, gözünü kırpmadan beni izliyordu. Başım ağrıdan çatlayacak gibiydi; neler olduğunu anlamaya çalışıyordum.

Thomas bana çok öfkeliydi; bu her halinden belli oluyordu ama nedenini bilmiyordum. Hareket edemiyordum çünkü beni bağlamıştı. Çok korkuyordum. Ona neden bunu yaptığını sorduğumda hemen ayaklanıp odanın etrafında histerikçe dönmeye başlıyor, mektubuna cevap verseydim her şeyin çok farklı olacağını söylüyordu. Artık iyice korkmaya başlamıştım. Çığlık atıp çırpınmaya başladığımdaysa yüzüme sert bir yumruk indirdi.

Bana daha fazla zarar vermesinden korktuğum için sesimi çıkarmıyor, Tanrı'ya bana bir kurtarıcı göndermesi için durmadan dua ediyordum. Çok ama çok korkuyordum.

Gözümü açtığımda dışarıdan sızan ışığı gördüm. Sanırım bir gündür orada Thomas'la tıkılı halde bekliyordum. Hayatım tehlikedeydi, burnumdan akan kan tişörtümü kırmıza boyamıştı, acıkmış ve susamıştım. Thomas ortalıkta görünmüyordu. Beni bağladığı yerden kalkmam mümkün değildi. Ben de bağırıp yardım çağırmayı denemeye karar verdim. Avazım çıktığı kadar bağırıyor ama sesimi kimseye duyuramıyordum.

Sonunda Thomas geldi; öfke nöbetine girdi ve beni şiddetli şekilde darp etti. Sürekli onunla alay ettiğimi, duygularına karşılık vermediğimi, mektubuna cevap vermediğimi söylüyordu. İki gündür o fare deliğinde bir psikopatla beraberdim. Durmadan dua ediyordum. Kim bilir o mektupta neler yazılıydı. Belki de bana duygularını açmıştı. Belki de onunla dalga geçtiğimi zannediyordu. *Tanrım, beni kurtar,* diye yalvarıp duruyordum.

Üçüncü gün açlıktan bitap düşmüştüm. Her gün bir bahane bulup şiddet uyguluyor, durmadan hakaretler savuruyordu. Orada, kimsecikler bilmeden öleceğimi düşünmeye başlamıştım. Çok çaresizdim. Ailemi istiyordum, daha birkaç gün öncesine kadar doğum günümü kutlamak için sevinçle, heyecanla eve dönerken şimdi perişan bir halde, nerede olduğumu bile bilmiyordum. Tek yapabildiğim şey dua etmekti. Hiç durmadan.

Ertesi sabah polis sirenleriyle uyandığımızda Thomas çılgına döndü. Benim bir şekilde yardım istediğimi düşünmüş olmalı ki var gücüyle bana saldırdı. O esnada odaya giren polis memurları Thomas'ı tutup yaka paça götürdüler. Zaten artık dayanacak gücüm kalmamıştı. Oracıkta bayılmışım.

Kendime geldiğimde hastanedeydim. Annem, babam başucumda ağlıyorlardı. Gözlerimi açtığımda beni öpücüklere boğdular, ikisi de hem gülüyor hem ağlıyordu. Uyandığımı haber alan polis memuru ifademi almak için yanıma geldi. Olayı detaylarıyla anlattım.

Thomas meğer bana takıntılı bir şekilde âşıkmış; ona karşılık vermediğim içinse içi içini yiyormuş kıskançlıktan. Bana verdiği mektupta aşkını ilan etmiş. Benden karşılık gelmeyince iyice takıntılı hale gelmiş. Bu sebeple akıl hastanesinden kaçmış. Ayrıca buradan taşınma sebepleri maddiyat değilmiş. Thomas'ın yaşadığı ağır psikolojik sorunlardan ötürü onu hastaneye yatırmaları gerekliymiş. Hastanenin yakınında bir eve taşınmaya karar vermişler. Bu durumdan hiçbirimizin haberi yoktu; olsaydı asla ona yaklaşmazdım.

"Neyse ki o ruh hastasının elinden kurtuldun," dedi memur gülümseyerek. "İhbar tam zamanında geldi."

Sahi, beni nasıl bulmuşlardı ki?

"İhbar mı?" dedim. "Ama kim?"

"Bilmiyoruz ama ihbarın yapıldığı numarayı araştıracağız," dedi.

Hepimiz çok şaşkındık ama Thomas'ın elinden kurtulduğum için de Tanrı'ya şükrediyorduk.

Kısa süre sonra ihbarın yapıldığı numaranın bir telefon kulübesine ait olduğunu öğrendik. Kimin yaptığı meçhuldü. Gizemli bir ihbar olarak kaldı senelerce.

Bu kötü olay başıma geldiğinde yapabileceğim tek şey dua etmekti. Elimden başka bir şey gelmiyordu ve çok çaresizdim. Sonra her ne olduysa oldu ve polis beni eliyle koymuş gibi buldu.

Tanrı her şeye gücü yeten ve duaları kabul edendi. Benim dualarımı da duymuş ve kabul etmişti.

İşte bu olaydan sonra bundan kesin olarak emin oldum.

Üzerinden seneler geçti ama olay bende etkisini hiç yitirmedi; Tanrı'nın bizi izlediğinden ve kötülüklerden koruduğundan hiç şüphem yok. Şunu biliyorum ki O'na yalnızca bir dua kadar uzağız.

Bir adama bir kitap sattığın zaman,
ona yalnız yarım kilo kâğıt, mürekkep ve
tutkal satmış olmazsın, ona tamamıyla
yeni bir yaşam satmış olursun.
Sevgi, dostluk, mizah ve geceleyin denizde
dolaşan gemiler, eğer o kitap gerçekten
benim anladığım anlamda bir kitapsa,
onun içinde bütün gökler ve
yer vardır.

Christopher Morley

Hayallerinin Peşinde

"Bir hayali ulaşılmaz kılabilecek tek bir şey vardır; başaramamaktan korkmak."

Paulo Coelho

Turneler bitmiş, ailesini ziyaret için evine dönmüştü. Civardaki herkes onu televizyondan tanıyor, yeteneklerine hayran oluyordu. Kırsaldaki evleri doğayla iç içeydi, muazzam bir manzaranın sadece ufak ama eşsiz bir parçasıydı. Bu kasabada yetişip bir dansçı olmak, dışarıdan bakıldığında imkânsız gözükse de o bunu başarmış, hayallerinin peşini bırakmamıştı. Hem de hiç.

Liam o günleri anımsadı. Bir erkek olarak dans derslerine katılmak istediği için alay edilmiş, dışlanmıştı. Bunun tuhaf karşılandığı yıllardı ve Liam bunu dibine kadar hissetmişti. Babası da başta çok karşı çıkmıştı; hatta iş, evden kovulmaya kadar varmıştı.

Okulda durum daha da beterdi. Bir keresinde okul koridorlarında arkadaşları balerin taklidi yaparak etrafında kahkahalar atarak dönüp durmuşlar, bağıra çağıra dalga geçmişlerdi. Hatta zorbalığı iyice abartıp samandan yaptıkları sahte balerin tütüsünü ona giydirmeye çalışmışlar, çocuklar işi abartınca köşeden olan biteni izleyip eğlenen öğretmenin isteksiz müdahalesiyle sağa sola kaçışmışlardı. Çok zor günler geçirmişti gerçekten. Küçücük bir kasabada, kocaman hayallerini sığdıracak bir yer bulamamıştı. Her gece hayal kurar, sabaha kadar türlü türlü rüyalar görür ve o rüyalarda yaşardı hayallerini.

Hayal ettiği hayatı yaşamak, sevdiği mesleği icra etmek sanıldığı kadar kolay olmamıştı elbette. Şu an elde ettiklerine varan o yol, son derece dik ve dikenliydi. Bu yolları aşmak için iyi bir savaşçı olması gerektiğini ona öğreten o anıdan kimseye bahsetmemişti henüz.

Babasıyla şömine başına geçmiş kahvelerini yudumlarken sohbete daldılar.

"Başarılarınla gurur duyuyorum evlat. Burada herkes senin yeteneklerinden, başarılarından bahsedip senin gibi bir evlat yetiştirdiğim için beni tebrik ediyorlar. Bana yaşattığın gururu hayal bile edemezsin. Teşekkür ederim evlat, çok teşekkür ederim..."

"Senin desteğin olmasa yapamazdım baba."

"Benim desteğim mi? Ben sana engel olmaktan başka ne yaptım ki? Sen hayallerine bu kadar sıkıca sarılmasaydın bugünkü başarına ulaşamazdın. Hatırlarsan, 'Dansçı olmak istiyorum,' dediğinde karşına dikilen ilk kişi bendim. Dansçı olmak istediğini söylediğinde çok kızmıştım. Etraftakilerin yorumları da kızgınlığımı körüklemişti."

"Hatırlamaz mıyım... Danstan vazgeçmem için var gücünle çalışmıştın ama..."

"Ama sen hiç vazgeçmedin. Baskılarımın hiçbiri seni dans etmekten vazgeçiremedi. Şimdi tanınmış bir dansçısın. Hatta bir dans okulun ve öğrencilerin var. Buna inanmasaydın belki de şimdi istemediğin bir mesleği yapıyor olacaktın."

Babasının gözlerindeki o sevinç içindeki coşkuyu kabarttı.

"O zor günlerden birinde, tek başıma yağmurun altında oturuyordum. Sırılsıklam olmuştum ama umurumda bile değildi. Hatta çocuk aklımla bunu sana acı çektirmek için yapıyordum belki de. Hıçkıra hıçkıra ağlıyordum."

"Bana bu günden hiç bahsetmemiştin, Liam."

Liam, babasının kendisini suçlu hissetmesini istemiyordu. O yüzden ne denli zor günler geçirdiğinden, döktüğü gözyaşlarından, kötü yaşanmışlıklardan babasına çok detaylı olarak bahsetmezdi. O gün, Liam içinde hapsolmuş o güvercini serbest bırakmaya karar vermişti. Sözlerini sürdürmek için bir güç arıyordu. Gözleri babasının nasırlı, bakımsız ama sıcacık ellerini aradı. Hemen tuttu ellerinden babasını.

"Senin ahşap kasanı ve sakladığın anahtarını alıp evden koşarak çıkmıştım. Hatırlarsın, eline geçen parayı, aylık faturaların ödendi makbuzunu ve diğer önemli kâğıtları hep oraya koyardın. Günde en az bir kez açardın o kutuyu."

Babası şaşkınlıkla dinliyordu. Liam bir an duraksadıktan sonra sözlerini sürdürdü.

"Yazdığım intihar mektubunu o kutuya bırakacaktım. Sen kutuyu açıp baktığında bu mektubu bulacaktın ve sen okurken ben muhtemelen ölmüş olacaktım."

Babası donup kalmıştı.

"Ama neden Liam?"

"Çünkü bu yükü, herkesin benim karşımda oluşunu o küçük yaşta kaldıramamıştım baba."

"Tanrı'ya şükürler olsun ki hayattasın Liam. Şükürler olsun... Seni bu korkunç karardan döndüren ne oldu?"

"Sen babacığım. Sen."

"Ama..."

"İzin ver anlatayım... O gün mektubu tamamladım ve kutuyla birlikte evden kaçtım. Çılgınca yağan yağmurun altında ağlıyordum. Sonra yağmur bıçak gibi kesildi ve güneş doğdu. Kemiklerime kadar ısındığımı hissediyordum. Ama kasabaya dönünce olacakları düşününce yine buz kesti her yerim. Büyük bir kararlılıkla sandığı açtım. Mektubu en üste bırakıp kapağı kapatacaktım ki içimden bir ses sandığı karıştırmam gerektiğini fısıldadı sanki. Meraklanmıştım. Bu sandığa bakmamıza hiç izin vermezdin. Ben de merakıma yenik düştüm ve sandığı devirip içini boşalttım. İşte orada dedeme yazdığın o mektubu gördüm."

Babasının yüzüne hüzünlü bir gülümseme yerleşti.

"O da tıpkı benim yaptığımı yapmıştı; hayallerimle arama engeller koymuştu. Ama ben onu dinlemeyip sevdiğim kadınla evlenmiş ve tüm o mal mülkü geride bırakıp ücra bir kasabada hayata sıfırdan başlamıştım."

"Ve mutlu olmuştun. Çünkü..."

"Ne diyordum mektupta? Çünkü hayallerimi yaşıyordum. Babama yazdığım bu mektubu yıllar sonra gönderebildim ama çok geçti. Babam artık yoktu. Ama benim ne kadar mutlu bir hayatım olduğunu bildiği için huzurla öldüğünden eminim evlat."

"Sen benim hayallerime gitmemi sağladın baba. Senin azmin bana da güç verdi. Kolayı seçip intihar etmek yerine zoru seçip savaştım. Tıpkı senin gibi. Sana minnettarım, baba."

Bu, Liam ve babasının son görüşmesi olmuştu. Kısa bir süre sonra babası hayata gözlerini yummuştu.

Babasının ölümünün üzerinden artık tam bir sene geçmişti. Motivasyon konuşması yapmak, genç nesle tecrübelerini aktarmak üzerine bir dans okuluna davet edilmişti. Liam yapacağı konuşmayı babasına ithaf etti. Gözleri hep dolu doluydu:

"Hayallerinizin peşini bırakmayın. Hayatı diğerleri gibi yaşamak zorunda değilsiniz. Bir yol çizin ve eğer doğru olduğuna inanıyorsanız asla o yoldan sapmayın. Kim ne derse desin bu hayat sizin ve istediğiniz yöne gitmekte özgürsünüz. Direksiyon başına geçip hayatınıza bir yön verin ve yaptığınızın doğru olduğuna inanıyorsanız asla vazgeçmeyin."

Sonra da kendi kendine mırıldandı: "Ve ben hep yolumda ilerledim, baba. Teşekkür ederim. Sana minnettarım."

Yıllar sonra bu anları her hatırladığında gözleri dolardı. Hayatı boyunca her zor zamanında babasının azmini örnek almıştı.

Babası da oğlunun başarılardan çok başarma azmine hayrandı. Oğlu, babası için bir ilham kaynağıydı. Babası da oğlu için öyleydi ve hayata veda etmeden evvel bunu kendi oğlunun ağzından duymak onu her şeyden çok mutlu etmişti.

Işıl ışıl, güneşli bir günde babasını düşünürken derin bir nefes aldı ve Tanrı'ya şükretti. Çünkü ona sahip olabileceği en büyük hediyeyi vermişti.

İyilik Fabrikası

"Başkasına yararı dokunan insan,
en kusursuz insandır."

Sophokles

Üniversite eğitimim için geldiğim şehre tamamen yabancıydım. Bulduğum ev de okula epey uzakta bir kenar mahalledeydi. Ailemin maddi durumu pek iyi olmadığı için param ancak bu eve yetti. Harçlığımı çıkarmak için de çalışmam şarttı üstelik. İş bulamama ihtimalim beni kara kara düşündürüyordu. Ancak hiç de korktuğum gibi olmadı, başvurduğum ilk fabrika beni işe aldı.

Yiyecek içecek hizmeti veren bir yerde, dağıtım görevlisi olarak çalışmaya başlamıştım. İşim de oldukça basitti. Çok müşterisi olmayan, küçük ölçekli bir müessese olduğu için dağıtım pek vaktimi almıyordu; bir diğer dağıtım zamanına dek depoda ders çalışıyordum.

İşlerin azlığına rağmen çok fazla çalışanı vardı. Patronumuz Bay Chamber orta yaşlı, sert mizaçlı biriydi. İşe başladığım günden bu yana kendisini hiç gülerken görmemiştim. Buna rağmen, herkes bu adama gözle görülür biçimde sevgi duyuyor, hürmet gösteriyordu. Ve bu, adamın patron oluşundan ötürü yapılan yapmacık bir gösteri değil, kişiliğinden ötürü duyulan saygıydı gördüğüm kadarıyla. Enteresan birine benziyordu, merakımı uyandırmıştı doğrusu.

Bir gün yemekhanede yan masadakilerin konuşmasına kulak misafiri oldum. Bay Chamber'ın yine yüklü miktarda bir bağış yaptığı bilgisini sızdırmış muhasebeci. Bu haberi duyunca Bay Chamber'ı öven konuşmalar yaptılar aralarında. Açıkçası bunun bir yalan haber olduğunu düşündüm. Bay Chamber'ın o kadar parası olsa işine yatırım yapardı herhalde. O kadar az müşterisi vardı ki... Bunca çok çalışanı varken kısa zamanda batardı diye endişeleniyordum çünkü bu işi kaybetmeyi hiç istemiyordum. Bu bağış meselesini sonraları sıkça duyar oldum. Hatta kulağıma daha ilginç bilgiler gelmeye başladı.

Duyduğuma göre bu fabrikada çalışanların çoğunun başka yerlerde iş bulmalarını zorlaştıracak sıkıntıları vardı. Örneğin iş göremeyecek düzeyde bedensel engeli olan, sabıkası olan ya da yanında bebeğiyle çalışmaktan başka çaresi olmayan insanları bile işe alıyormuş Bay Chamber. Hatta bir gün gözleri görmeyen bir çalışan görmüştüm; tek yaptığı önüne koyulan kâğıda mühür basmaktı. Bunun için maaş alıyordu; bu koşullarda çalışacak başka bir yer bulması çok zordu gerçekten. Burası gerçekten ilginç bir fabrikaydı ama olan biteni henüz tam olarak çözememiştim.

Bir gün oturduğum apartmanda yaşayan yaşlı bir komşum beni yemeğe davet etti. Öğrenci olduğum için sıcak yemek ve aile ortamını özlüyordum haliyle. Hemen kabul ettim. O gün iş çıkışı bir buket çiçek satın alıp ihtiyar komşumun evine gittim. Beni çok hoş karşıladılar. Fakir ama samimi bir mahalleydi; günden güne daha çok alışıyordum muhite. Sofra hazırlanana dek yaşlı teyzenin torunlarıyla oynayarak vakit geçirdim. Karnım da zil çalıyordu doğrusu. Nihayet sofraya geçtik. Havadan sudan konuşuyorduk. Konu çalıştığım fabrikaya gelince ihtiyar kadın gülümsedi. "Burada merhum Bay Chamber'ın ekmeğini yemeyen yoktur oğlum," dedi.

Merhum mu? Kafam karışmıştı.

"Patronumuz Bay Chamber'dan mı bahsediyorsunuz?" dedim merakla.

"Hayır, büyük patrondan bahsediyorum. Yani babasından."

Suratımdaki ifadeden kafa karışıklığımı anlamış olacak ki hemen anlatmaya koyuldu.

"Merhum Bay Chamber hayata gözlerini bu mahallede açtı. Evlerimiz yan yanaydı hatta... Çok zor bir çocukluk geçirdi. Yoksulluktan çok çekti, ailesine maddi destek olabilmek için gece gündüz çalıştı. Günün birinde, köşeye attığı paralarla bir pastane açtı ve orada öyle güzel ürünler yapıp satmaya başladı ki kısa sürede ünlendi. Civar semtlerden bile gelenler olurdu. Bir süre sonra önünde kuyruklar oluşmaya başlamıştı. Başarısı katlandıkça katlandı. Son duyduğumuzda başka ülkelerde bile şubeleri vardı Bay Chamber'ın pastanelerinin. Öylesine zengindi ki, hesap kitap yapmak zordu.

Merhum Bay Chamber geldiği yeri, bizleri asla unutmadı. Her zaman bizlere destek oldu. Açtığı fabrikalarda iş verdi. Hatta bu oturduğumuz apartmanı bile satın alıp dairelerini oturanların üzerine yaptı. Senelerdir kira derdinden kurtulduk onun sayesinde. Altın kalpliydi o. Tek bize değildi iyilikleri; gittiği her yerde yoksulların koruyucusuydu o."

Duyduklarım inanılmazdı. Sanki bir masal dinliyordum. İhtiyar sözlerini sürdürdü.

"Tek bir çocuğu vardı. Boris, yani patronun. Çok terbiyeli ve çalışkan bir evlat oldu. Babasının izinden gitti. Merhum Bay Chamber ölmeden evvel ona hayır işlerine devam etmesini ve bu mahallede bir fabrika açıp ihtiyaç sahiplerini istihdam etmesini vasiyet etmiş. Boris babasının vasiyetini hakkıyla yerine getiriyor. O fabrikanın kapısından kimseyi boş göndermiyor. Chamber Ailesi, dünyaya iyilik saçmak için gelmiş bir ailedir evladım. Patronunun kıymetini bil," dedi gülümseyerek.

İşte şimdi her şey anlaşılır hale gelmişti. Bu ne muhteşem bir hikâyeydi böyle! Dünyada Chamberlar gibileri kaldığına inanamıyordum.

Bu muazzam insanlar, herkese örnek olmalıydı.

Bunları duyduktan sonra işime daha da sıkı sarıldım ve çok daha severek gitmeye başladım. Bay Chamber'ı her gördüğümde içimdeki saygı ve sevgi adeta gözlerimden fışkırıyordu.

İlk gördüğümde dikkatimi çekmemişti ama sonradan fark ettim ki tam da adına yakışır bir yerdi burası: İyilik Fabrikası.

Bir Demet Çiçek

"Bir tek kalbin kırılmasını önleyebilirsem, boşuna yaşamış olmayacağım. Bir yaşamdan acıyı alabilirsem ya da bir acıyı hafifletebilirsem, ya da bir ardıç kuşunu yeniden yuvasına koyabilirsem boşuna yaşamış olmayacağım..."

- E. Dickinson

Pazar kahvemi yudumlarken gazetemi okuyordum her zamanki gibi. Hafta içi yaşanan tüm o yorgunluğun acısını bu kahve alıp götürüyor gibi hissediyordum. O yüzden pazar kahvesini içmeden asla evden çıkmazdım. Hatta biraz gazete, dergi karıştıracak vaktim de varsa kendimi dünyanın en şanslısı sayardım! Yine böyle bir pazar günüydü işte. Gazetedeki bir haber, daha doğrusu haberdeki isim dikkatimi çekmişti. Kulağıma çok tanıdık gelen bu isim sebebiyle haberi okumaya başladım. Şöyle diyordu başlığın altında: *Alzheimer hastası emekli öğretmen, yoksulluk içerisinde yaşamını sürdürmeye çalışıyor.*

Emekli öğretmen... Bu benim ilkokul öğretmenimin adıydı. Gazeteyi iyice yaklaştırıp baktım. Evet, haberde bahsedilen kişi benim öğretmenimin ta kendisiydi. Bu nasıl bir rastlantıydı böyle... Gözlerime inanamıyordum.

Haberi detaylı biçimde okudum. Öğretmenimin düştüğü bu hal beni derinden yaralamıştı. Aklıma eski günler geldi. Yarım yamalak hatırladığım ilkokul anılarıma dalıp gittim.

Hep iyi kalpliliği kalmıştı aklımda. Bizlere olan şefkati, sevgisi... Yardımsever biriydi; bizlere de bunu aşılamaya çalışırdı. Bir keresinde giymediğimiz, temiz ve iyi durumdaki eşyalarımızı hediye paketi yapıp okula getirmemizi istemişti. Sonra onları bir yardım kurumuna götürüp oradaki çocuklara hediye etmiştik. Bir defasında da evden bir çeşit yiyecek getirmemizi istemişti ve o gün kimsesiz yaşlıları ziyarete gidip birlikte öğlen yemeği yemiştik. Unutulmaz anılardı bunlar ve bunun gibi niceleri... Bu ince ruhlu eğitimci şimdi yoksulluğun pençesindeydi. Ve en acısı, belli ki yalnızlığa terk edilmişti.

Onu bu halde bırakamazdım. Üzerimdeki emeklerinin karşılığı olamazdı ama ona yardım ederek bir nebze olsun hakkını ödemeye çalışacaktım. Hemen gazeteyi arayıp haberi yapan muhabirle iletişime geçtim. Eski öğrencisi olduğumu ve onu görmek istediğimi söyleyince adresini verdi.

Maddi durumum ona ölene kadar en iyi şekilde bakmaya rahatlıkla izin verecek kadar iyiydi. Bunun için seviniyordum. Hemen güzel bir çiçek buketi yaptırıp öğretmenimin evine doğru yola çıktım. Evin hali içler acısıydı; onu bu halde görmek gerçekten zordu. Bu hissi kelimelerle tarif etmek imkânsız... Yaşamını ne zamandır böyle sürdürüyordu, onu kim nasıl bu halde bırakabilmişti bilmiyordum. Bilmek de istemiyordum. İstediğim tek şey onu bir an önce buradan kurtarmaktı.

Elimde çiçeklerle usulca yanına sokuldum.

"Merhaba Bayan Channing. Ben öğrenciniz John Kenne. Sizi buradan götürmeye geldim. Bundan sonra çok güzel bir yerde yaşayacaksınız."

Elbette beni tanımadı. Gözlerimin içine boş boş baktı. Vaatlerim de onu etkilememişti belli ki. Birden aklıma çiçekler geldi; tamamen aklımdan çıkmıştı. Arkamda gizlediğim çiçekleri ona uzattığımda yüzündeki ifade, yerini geniş bir gülümsemeye bıraktı aniden. Şaşkındım. Onu o rezalet evden kurtaracağımı söylediğimde yüzünde en ufak bir mutluluk işareti yokken çiçeği gördüğünde çocuklar gibi sevinmişti; gözleri ışıldamıştı. O gün Bayan Channing'i alıp evimin yakınındaki tam teşekküllü huzurevine yerleştirdim. Tüm gün elindeki çiçeği hiç bırakmadı. Hatta onu yıkayıp üzerine temiz giysiler giydirmek için gelen bakıcı bile çiçeği bırakmaya ikna edemedi.

Eve döndüğümde oturup çiçeğin hikmetini düşündüm. Neden böylesine sevinmişti acaba? Neydi onun için anlamı?

Ve sonunda buldum. Evet, Bayan Channing'i oradan kurtarmakla ona bir iyilik etmiştim ama o çiçeğin yaşlı kadın için anlamı çok daha fazlaydı. Çünkü o bir demet çiçek, *hatırlanmak* demekti.

Hatırlanmak.

Bir ömre kaç talebe sığdırmıştı kim bilir. Belki çocukları, eşi dostu da vardı bir zamanlar. Ama kimse onu hatırlamamıştı görünüşe göre. O da elini ayağını çekmişti hayattan.

Bayan Channing yaşadığı fiziksel ortamdan değil, hatırlanmamaktan ötürü kırılmış, yıpranmıştı belli ki. İşte bu yüzden, o bir demet çiçek, her şeyden anlamlıydı onun için.

O günden sonra her hafta onu görmeye gittim ve her gittiğimde elimde bir demet çiçekle çıktım karşısına. Gözlerindeki ışıltı görülmeye değerdi ve biliyordum ki hatırlanmak, onun incinen ruhunu iyileştirecek tek şeydi.

Küçük Adımlar, Büyük Sonuçlar

"Sabrın gerçek anlamı, on dokuz kez düşsen de yirminci kez ayağa kalktığında, ayakta kalabilmektir."

Julie Andrews

Beş yıl önce hayatımın aşkına evet dedim ve o gün, kaderin benim için mükemmel bir planı olduğunu hissettim. Michael'la üç yıldır beraberdik ve birbirimizi çok seviyorduk. Birlikte geçireceğimiz huzur, mutluluk ve aşk dolu bir gelecek için sabırsızlanıyorduk. Evlenme teklifinden kısa bir sonra, sade ve ufak bir törenle evlendik.

Evliliğimiz süresince her şey bir peri masalı gibiydi. Bir süre sonra sevimli yuvamıza bir üyenin daha katılacağını öğrendik ve işte o zaman, tüm bu mutlu günlerin daha yalnızca bir başlangıç olduğunu anladık. Aşkımızın meyvesi, minik bir bebek…

Birkaç ay sonra doktor ziyaretinde, bir oğlumuz olacağını öğrenir öğrenmez vakit kaybetmeden hazırlıklara başladık. Çok zor bir hamilelik dönemi geçirmediğimden, bebeğimizin odasını hazırlarken Michael'a bol bol yardım etme fırsatım oldu. Her şey harika olacaktı. Öyle olmak zorundaydı çünkü anne olacaktım!

Anne olmak... Anne olacağımı düşünmek bana çok farklı hissettiriyordu. Hayatım boyunca seveceğim ve koruyacağım bir varlık... Fikri bile mükemmeldi.

Hamileliğim süresince tüm kontrollerime vaktinde gidiyor, sağlığıma çok dikkat ediyor ve heyecanla oğlumu kucağıma almayı bekliyordum. Karnımda hissettiğim tekmelere ve ultrason görüntülerine göre oldukça hareketli bir oğlum olacak gibiydi.

Ve nihayet o gün geldi. Doğumum, ne yazık ki hamileliğim kadar rahat geçmedi. Ama olsun, oğlum için tüm acıları çekmeye değerdi. Öyle güzel, öyle masumdu ki... O an tüm sıkıntılarımı unutuverdim. Michael oğlumuzu görür görmez ağlamaya başladı. Ah! İkisini de öyle çok seviyordum ki!

Bir iki gün hastanede kaldıktan sonra evimize döndük. Artık üç kişiydik ve hayat eskisinden çok farklıydı. Başta zorlansak da, oğlumuz Sam'le yaşamaya kısa sürede çok alıştık. Aylar ayları kovalıyor ve oğlumuz günden güne büyüyordu. Ta ki o karanlık gün gelene kadar...

Sam artık neredeyse altı aylık olmuştu ve bir gün annemi ziyarete gitmeye karar vermiştik. Biz Sam ile birlikte arabayla gidecektik ve Michael da işten çıkınca annemin evine gelecekti. En azından planımız buydu. Sam'i bebek koltuğuna oturtup kemerini bağladıktan sonra yola çıktım. Ben şarkı söylüyordum Sam ise benim sesimi duydukça sevinç kahkahaları atıyordu.

O sırada olan oldu. Sonradan öğrendiğimize göre frenleri bozulan bir kamyon doğruca üzerimize gelmeye başladı. Yokuş aşağı indiği için gittikçe hızlanan kamyondan kaçmaya çalışsam da çok geç kalmıştım. O kazadan Sam ve benim nasıl sağ çıktığımız hâlâ merak konusu.

Aylarca süren tedavi sürecinden sonra ben iyileştim ama benim minik Sam'im ne yazık ki kafasına aldığı bir darbeden dolayı yaşadığı beyin hasarı yüzünden bacaklarını oynatamıyordu. Doktorlar yürümesinin zor olduğunu ama imkânsız da olmadığını söyleseler de benim dünyam başıma yıkılmıştı. Aslında öyle olmasa da, kaza benim yüzümden olmuş gibi hissediyordum ve bu yüzden Sam'in durumu için kendimi suçluyordum.

O günden sonra, psikologla Sam'in fizyoterapi merkezi arasında gidip gelmemle geçen, sancılı bir dört yıllık süreç başladı. Sam günden güne düzeliyor ama yine de tam anlamıyla yürüyemiyordu. Ben ise kazanın suçluluğunu üzerimden atmış, tüm enerjimi ve vaktimi Sam'e harcıyordum. En büyük destekçimiz Michael ise her an yanımızdaydı.

Aradan bir yıl daha geçti ve Sam, yavaş yavaş da olsa kendi başına yürüyebilmeye başladı. Bir yere ya da birine tutunmadan attığı ilk adımı görünce Michael ile birbirimize sarılıp dakikalarca ağladık. Küçük bir adım gibi gözükse de bu ilk adım, hepimiz için çok değerliydi.

Sam ile birlikte evin etrafında kısa yürüyüşler yapmaya başladık. Evin karşısındaki parkı çok seviyordu ve sık sık parka gitmek istiyordu. Bir gün yine yavaş yavaş yürüyerek parka gittik. Sam, o güne kadar yapmadığı bir şey yapıp kaydırağa çıkmak istediğini söyledi. Kaydırağa ulaşabilmesi için altı basamak çıkması gerekiyordu. Tedavi sürecine bakılacak olursa merdivenlerden çıkması henüz çok mümkün olmadığı için Sam'in bu isteği içimde bir yeri çok acıttı. Ama onun cesaretini ve hevesini kırmamak için hiçbir şey söylemedim.

Yavaşça kaydırağın yanına yürüdük. Sam, kendisini zorladı, zorladı ve bir basamak çıkabildi! Gözlerime inanamıyor ve sevinçten gözyaşlarımı tutamıyordum. Ancak bu bir basamak bile onu öyle çok yormuştu ki eve dönmek istedi. Sam'i kucağıma alıp eve döndüm.

Sam, ertesi gün tekrar kaydırağa gitmek istediğini söyledi. Gittik, yine bir basamak çıktık ve geri döndük. Bu durum günlerce devam etti. Bir hafta sonra Sam, merdivenlerin yarısını çıkmaya başlamıştı bile! Üç basamak!

Derken bir gün, Sam altı basamağın altısını da çıkmayı başardı ve kaydırağın başına ulaştı! Onun bu çabasını gören parktaki diğer çocuklar Sam'i alkışlamaya ve tebrik etmeye başladı. Gözyaşlarıma engel olamıyor ve sadece ellerim kızarana kadar Sam'i alkışlıyordum. O sırada hiç beklemediğim bir şey oldu. Sam, kaydırağa korkan gözlerle bakıyordu. Yüzünden, ağlamak üzere olduğunu anlamıştım. Tam Sam'e destek olmak için yanına gitmeyi düşünerek ayağa kalkmıştım ki parktaki çocukların arasından, Sam'den çok da büyük olmayan bir kız çocuğu hızla Sam'in yanına gitti.

"İstersen beraber kayabiliriz! Bu çok kolay!" dedi.

Sam, hiçbir şey demeden sadece kafasını onay verircesine salladı. Sonradan adının Clara olduğunu öğrendiğim kız, "Şimdi sen önüme otur, ben seni arkandan tutacağım ve birlikte kayacağız. Eskiden küçük kardeşimle de böyle kayardık," dedi. Sam, Clara'nın dediğini yaparken ben ise nefesimi tutmuş, olanları izliyordum. Clara'nın dediği gibi oturdular ve dikkatli bir şekilde kaydıraktan kayıp ayağa kalktılar.

Sam, bana doğru döndü ve kollarını havaya kaldırıp, "Anne! Yaptım!" diye bağırdı.

Bu hikâye, Sam'in azminin hikâyesi olsa da, o gün Clara'nın yaptığı şey, Sam'in hayalini gerçekleştirme konusunda çok önemli bir yere sahipti. Zor durumda olan birini görüp kendi geçmiş tecrübesinden yola çıkarak Sam'e yardım etmiş ve oradaki herkese, aslında hepimizin bu hayatta birer öğretmen ve öğrenci olduğumuzu göstermişti.

Aşk başlamadan güzel,
Kalplerde heyecan
Bakışlarda korku olduğu zaman güzel...
Birbirimize sezdirmemek için çırpınış,
Başkaları görmesin diye çabalayış,
Gözlerim gözlerinin mavisine değdiği zaman...
Aşk başlamadan güzel...

Ümit Yaşar Oğuzcan

Mucize Gibi Bir Rüya

"Hayat iki şekilde yaşanır: Ya hiç mucize yokmuş gibi ya da her şey birer mucizeymiş gibi."

Albert Einstein

Hayatınızı, gördüğünüz bir rüyanın kurtaracağını söyleselerdi inanır mıydınız?

Ben inanmazdım. Ta ki başıma gelene kadar.

İki sene önceydi. Dışarıdan bakanların gıpta ettiği; oldukça, hatta fazlasıyla rayında giden bir hayatım vardı. Harika bir eşe ve birbirinden tatlı kız evlatlara sahiptim. Eşim bir şirkette yöneticilik yapıyordu. İşinde başarılıydı ancak oldukça stresli ve yorucu bir tempoda çalışıyordu. Bu da beni üzüyordu; bu stresin telafisini sağlıklı yaşamla yapmaya çalışıyordum.

Son derece sağlıklı beslenirdik ailecek. Bu bizim için bir hayat tarzıydı. Yani aslında ben ailemi böyle olmaya zorluyordum çünkü bunun aksi bir hayatın, bile bile lades demek olduğuna inanıyordum. Her sabah koşuya çıkardık; sonra eşimle biz işe giderdik, kızlar da okula giderdi. Ben civarın en donanımlı ve güzel spor salonunda antrenördüm. Sevdiğim işi yapıyordum; spor ve sağlıklı beslenme benim için vazgeçilmezdi.

Böylesine güzel bir hayatım olduğu için şükretme gereği duymazdım o zamanlar. Sahip olduklarımın tamamen benim çabam sonucu olduğuna inanırdım. Ne de olsa mükemmel besleniyor ve spor yapıyordum. Tüm kontrolün ellerimde olduğunu düşünür ve her fırsatta daha da çok çalışırdım. Çelik gibi sağlam vücuduma hiçbir şey olmaz zannediyordum. Aslında Tanrı'ya inanan, işler yoğunlaşmadan önceki dönemde kiliseye giden biriydim ama inancım ne kadar tamdı, bilmiyordum. Belki de inancımın tazelenmesi, sağlamlaşması için vurucu bir olay yaşamam gerekiyordu, kim bilir?

O ay rutin kontrollerimi yaptırma zamanım gelmişti. İşlerim öyle yoğundu ki… Çalıştığım salon uluslararası bir platformda sponsorluk almış, bu sebepten ötürü bitmek bilmeyen bir temponun kucağına atmıştı bizi. Her gün toplantılar, tanıtımlar, video çekimleri… Bu kaosun içine doktor randevumun sıkıştırmam gerekiyordu. Ajandama not almıştım ama işten güçten kafamı kaldırıp ajandaya bakamamıştım bile. Bu süre zarfında istemeden ailemi de ihmal ediyordum. Gece geç geliyor ve sabah onlar uyanmadan salona gidiyordum. Gece eve geldiğimde kızlarım uyuyor oluyordu, onları öpüp kocamla biraz vakit geçirdikten sonra bir duş bile alamadan bir kenarda sızıyordum.

Yine böyle bir gece, bir rüya gördüm. Rüyamda pırıl pırıl, sanki altından bir ağaç vardı. Ağacın dibinde oturuyor, bir şeyler bekliyor gibi uzaklara bakıyordum. Nihayet uzaktan gelen eşimi gördüm; kızlarımı ellerinden tutmuş bana doğru yürüyorlardı. Yanıma geldiklerinde hepsi gülümsüyorlardı. Küçük kızım Lena arkasına sakladığı boşta kalan elinde tuttuğu zarfı bana uzatıp, "Acele et anneciğim," diyordu ve sonra PUF! Hepsi birden kayboldular. Zarfa baktığım anda ben de uyandım. Kan ter içinde kalmıştım. Öyle yorgundum ki rüyaya fazla kafayı takmadan tekrar uykuya dalmışım o gece.

Ertesi sabah yine aynı kaosu kucaklamak üzere evden çıktım. Yolda bir an için dengemi kaybettim ve kendimi yerde buldum. Şaşkındım; aşırı tempoya bağlı olarak güç kaybı yaşadığımı düşündüm. Bunu halledebilirdim. Ekisi gibi temiz beslenmeye ağırlık vermeliyim, diye düşünüp düştüğüm yerden kalktım ve arabaya binip salonun yolunu tuttum.

Yine yoğun geçen günlerin gecesinde hep aynı rüyayı görüp yerimden sıçrıyordum. Birbiri ardına gördüğüm rüyaların bir anlamı olmalıydı ama ne? Bunu düşünmeye bile vaktim yoktu. Ertesi sabah yine dengemi kaybedip kendimi yerde buldum. Tedirgin olmaya başlamıştım.

Günlerce üst üste aynı rüyayı görüp iki kez de durup dururken yere düşünce, oturup olan biteni düşünmeye ve parçaları birleştirmeye karar verdim. Bu, ilahi bir uyarı olabilirdi. Treni kaçırmadan bu işi çözmeliyim, diye düşündüm.

Ertesi gün işe gitmedim. Bu, herkesi çok şaşırttı çünkü tam bir işkoliktim. O gün eşim ve kızlarla harika bir kahvaltı ettikten sonra kendime bir kahve yaptım. Ailemle yeniden aynı masada buluşmak öyle iyi gelmişti ki... Elime gazeteyi alıp okumaya başladım. On dakika geçmemişti ki bir anda kafama dank etti: doktor randevum!

Tabii ya, doktor randevumu sürekli erteliyordum. Tamamen aklımdan çıkmıştı! Rüyamda elime verilen zarf da tahlil sonuçlarım olmalıydı! Tam bir farkındalık anı yaşıyordum.

Hemen aynı gün içinde bir randevu ayarlayıp hastaneye gittim. Tam bir aydır erteleyip duruyormuşum meğer. Doktor da normalde hiç geciktirmeden rutin kontrollerimi yaptırdığım için hatırlatma gereği duymamış. Baş dönmelerimden bahsedince hemen bir dizi tahlil ve tetkik istedi. Sonuçları almam birkaç günümü buldu. "Acele et anneciğim," diyordu kızım rüyamda. Yoksa geç mi kalmıştım? Neler oluyordu böyle? Bilmiyordum. Beklemekten başka çarem yoktu.

Tıpkı rüyamdaki gibi elime tahlil zarfı verildiğinde doktorun yanına gittim. Beynimde acilen kontrol altına alınması gereken bir tümör olduğu ortaya çıktı. Bir gün bile bekleyemeyeceğimizi, elimizi çabuk tutmamız gerektiğini söyledi doktor.

Hemen tedaviye başladık ve erken harekete geçtiğimiz için şükürler olsun ki iyileşebildim.

Bana gönderilen bu ilahi mesaj, gösterilen bu mucize rüya beni hastalığım konusunda uyardı. Kızlarımın bana ihtiyacı vardı, onları bırakıp gidemezdim. O rüyadan sonra Tanrı'ya olan inancım kat kat arttı. Beni o rüya aracılığıyla kurtardı. Ben hayatın koşturmacasına dalıp ailemi, sevdiklerimi ihmal etmiştim ama Tanrı beni kendime getirmişti.

Bu olaydan sonra aileme fazladan vakit ayırmak için her fırsatı değerlendiriyorum ve yaşadığım her güne, sahip olduğum her şeye şükrediyor, Tanrı'nın varlığını ve gücünü en derinden hissediyorum.

Yaşama Tutunmak

"Yaşam, bize bütün kitapların öğrettiğinden daha çoğunu öğretir; çünkü yaşam bize karşı direnir. İnsan, ancak engellerle karşılaşıp onları aşmaya çalıştıkça, kendini tanıyabilir."

Antoine de Saint Exupery

Kutlama yaptığımız geceye dair anıları bir türlü kafamdan silemiyorum.

Oğlum ve nişanlısı düğün tarihlerini netleştirmişlerdi. Mükellef bir yemek masası hazırlamış ve ailecek bu mutlu haberi kutluyorduk. Yakın arkadaşlarımız da bize eşlik ediyordu. Evde neredeyse yirmi kişiydik ve herkesin yüzünde gülücükler vardı.

O güzel saatlerin, içimde geleceğe dair bir kaygı beslemeden geçireceğim son saatler olduğunun farkında değildim. Her zaman böyle olmaz mı zaten? Bir sonraki dakika başımıza neler gelebileceğini düşünmeden yaşarız güzel anları. Aksini yapalım demiyorum zaten, hayat çekilmez bir hal alırdı öyle yapıyor olsaydık. Sürekli diken üstünde yaşayarak hayatın tadını çıkarmak mümkün olmaz elbette... Ancak o anda yaşadığımız coşkunun böylesine bir kâbusla gölgeleneceği de aklımızın ucundan bile geçmezdi.

O gece herkes gittikten sonra mutfağı topladım ve eşim Mark'ın yanına, odamıza gittim. Bu mutlu gecenin ardından yatağa uzandım ve her şey değişti.

Birkaç gündür beni rahatsız eden bir ağırlık vardı üzerimde zaten. Ancak önemsiz bir kırgınlık olduğunu düşünüyordum. Saatler ilerledikçe bu ağırlık beni daha da huzursuz etmeye başladı. Tam uykuya daldım derken göğsümün üzerinde hissettiğimi büyük bir acıyla uyandım. Eşimi uyandırıp, "Lütfen beni hemen hastaneye götür," diyebildim.

Çok korkuyordu…

Gözlerindeki korkuyu görebiliyordum. Eli ayağı birbirine dolanmıştı. 27 yıldır aynı yastığı paylaştığı eşini böyle bir halde görmek onu hemen o anda birkaç yaş daha katmıştı.

Hemen kalkıp arabanın anahtarlarını buldu ve yola çıktık. Zorlukla nefes alıyor, direnmeye ve bilincimim kaybetmemeye çalışıyordum.

Yol boyunca Mark'ın bir eli, hep elimdeydi. "İyileşeceksin, korkma…" diyordu.

Hastaneye geldiğimizde, acil yardım ekibi beni hemen sedyeye aldı. O anda gözümün önüne daha ben 8 yaşındayken babamı apar topar hastaneye getirdiğimiz o gün geldi. Kalp krizi onu çok erken yaşta vurmuştu. Babamın yatağının başında saatlerce beklediğimi hatırlıyorum. Annem o zaman kız kardeşime hamileydi. Birlikte çok zor saatler geçirmiştik o yoğun bakım ünitesinin önünde bir ileri bir geri gidip gelirken.

Tüm bunları hatırlamak gözümün önüne evlatlarımı getirdi. Çocuklarım daha çok gençti. En büyük oğlum daha 24 yaşındaydı ve işte dün gece düğün tarihini belirlemişti. Ortanca kızım 21, küçük olansa henüz 16 yaşındaydı. Onlara veda etmeden ölmemek için dualar etmeye başladım. Bana ihtiyaçları vardı, henüz onları bırakmama hazır değillerdi… Ne zaman hazır olabilirlerdi ki?

Beni hemen acil müdahale odasına alan doktorlar sıkıntının ne olduğunu anlamak için anjiyo hazırlığı yapıyorlardı. Mark bu sırada çocukları almak üzere eve doğru yola çıkmıştı.

"Kalp damarlarında %60'lık bir tıkanıklık sözkonusu," dedi doktor.

"Ama ben yalnızca 45 yaşındayım…" diye sayıkladığımı hatırlıyorum, gözlerimden yaşlar damlıyordu.

Doktor bu hastalığın irsi olabileceğine dair açıklamalar yapmaya uğraşırken bir yandan da, "Ameliyat edebiliriz ama çok tehlikeli…" diyordu.

Ölebilirdim.

Korku bütün hücrelerime sirayet etti.

Ama bu korku ölümün korkusu değildi.

Küçükken benim yaşadıklarımı şimdi beni sevenlerin yaşayacak olması beni korkutuyordu.

Operasyon için karar vermeden önce çocuklarımın gelmesini beklemeye karar verdik. Geldiklerinde gözleri kıpkırmızıydı. Doktor durumu onlara da açıkladı ve sağ çıkamama ihtimalimin de olduğu bu ameliyatı onlara özetledi.

Her ne olursa olsun en ufak bir şansı bile değerlendirmek istiyorlardı.

O günden 2 gün sonraki sabah saatine ameliyat programı ayarlandı. O zamana kadar hastanede kalacak ve kontrol altında olacaktım.

Ertesi gün Mark beni ziyarete geldi. Ellerinde çiçekler vardı, gülümsemeye çalışıyordu. "Birlikte geçirecek uzun bir ömrümüz var lütfen olumlu düşün ve savaş…" diyordu.

Çocuklar geldiğinde ise düğün hazırlıklarından ve okulda işlerin nasıl gittiğinden konuştuk. Sanki evimizin salonunda oturuyorduk. Hiçbiri ameliyat hakkında konuşmayı tercih etmedi. Eve döndüğümde yapacaklarımız hakkında konuşuyorduk ısrarla. Bir çeşit evrene pozitif mesaj gönderme seansı gibiydi bu konuşmalar.

Ameliyat günü gelip çattığında ıslak gözlerle camdan dışarıyı izliyordum. Beni ameliyathaneye götürmeye gelen ekiple birlikte odadan ayrılmadan önce Mark'ı ve çocukları öptüm. Son kez öpüyormuş gibi öptüm onları… Yaşamak istiyordum. Onlarla daha fazla zaman geçirmek ve bu zamanların gerçekten de tadına varmak istiyordum.

Anesteziyi damarlarıma almadan önceki son ana kadar dua ettim. "Lütfen Tanrı'm lütfen... Bütün çocuklarım ayaklarının üzerinde durana kadar bana şans ver, bana lütfen bir şans daha ver..."

Hatırladığım bir sonraki sahnede mavi duvarlı hastane odama dönmüştüm. Mark ve çocuklar etrafımdaydı. Ellerimi tutuyor ve gözlerimi açmamı bekliyorlardı belli ki.

Doktor ameliyat sonrasındaki durumumu kontrol etmek için odama geldiğinde hepimiz mutluyduk. Hayattaydım ve önemli olan da buydu. Ancak doktorum konuşmaya başladığında hepimiz yeniden bir şaşkınlık dalgasının içine düştük. "Bu ameliyat sayesinde yaklaşık 5 sene kazandınız," dedi oldukça sakin bir şekilde.

Boğazım düğümlenmişti, soluksuz kalmıştım o an. Doktorun açıklaması ise şöyle oldu: "Çok hassas damarlar üzerinde oynamalar yaptık. Birkaç yıl daha hiçbir sorun çıkmayabilir ancak sıkıntı tekrarlandığında artık müdahale edebileceğimizin çok ötesinde bir durumla karşı karşıya oluruz."

Yaşadığımız yıkımı atlatmak kolay olmadı. Çocuklarım da Mark da sürekli huzursuz bir ruh halindeydiler. Eve geçtikten ve biraz daha dinlenip her şeyi sindirdikten sonra önümdeki 5 yıl için dua etmeye başladım. O zaman en küçük kızım 21 yaşında olacaktı... Oğlumun düğününü görebilecek belki bu süreçte diğer kızımı da evlendirecektim. Mark ile güzel günler geçirecek ve her günüm için şükredecektim. Kendime bir söz verdim ve yaşadığım her günü diğerinden daha güzel geçirmek için çabalayacağıma inandım.

Şimdi, ameliyatımın üzerinden tam 7 yıl geçti. Oğlumun düğününü gördüm. Ortanca kızım nişanlandı. Küçük kızım üniversiteden başarılı bir şekilde mezun oldu. Oğlumun ikizleri oldu ve torunlarımla çok güzel vakit geçirebildim.

İnancımın kuvvetiyle 5 seneyi aştım ve sıkıntısız iki sene daha atlattım.

Yaşamak için verdiğim savaşın galibi olduğumu düşünüyor ve yaşadığım her güne şükrediyorum.

Bir Rüyanın Ardından

"Rüyaları gerçekleştirmenin
en kısa yolu uyanmaktır."

Emerson

O yılki Şükran Günü hazırlıklarımız oldukça sönüktü, evde bayram sıcaklığından eser yoktu. Hatta her şey zorakiydi. Kocam ve ben, bu Şükran Günü yalnız olacaktık. İsteksizdik; sadece kadere teslim olmadığımızı kanıtlamak için bir tiyatro oynuyorduk sanki...

İlk kez böyle buruk, böyle tatsız bir dönem yaşanıyordu evimizde. Bunun sebebi ailenin iki meleğinin, Toby ve Robin'in artık aramızda olmayışıydı.

Köpeğimiz Toby evimize ilk olarak geldiğinde henüz beş günlük Terrier cinsi bir yavruydu. Harika bir canlıydı; öylesine güzeldi ki bakmaya kıyamıyorduk. Kar gibi beyaz tüyleri, minicik bir burnu ve sürekli dışarı sarkıttığı pembe bir dili vardı. Çocuğumuz yoktu, yıllardır tüp bebek tedavisi deniyorduk ama başarılı olunamamıştı. Ama Toby, ailemizi birbirine bağlayan ilk çocuğumuz olmuştu sanki. Toby'yi sahiplenişimizden yaklaşık bir yıl sonra Robin'imizi evlat edindik. Dokuz aylık, dünya tatlısı bir melekti. Canım oğlumuz Robin'in de aramızda katılışıyla yuvamız tam anlamıyla bir bayram yerine dönmüştü.

Toby tam altı sene bizimle yaşadı. O bizim mutlu bebeğimizdi. O bizim iyilik meleğimizdi. O yıl Toby ve Robin, sarhoş bir kadının sürdüğü arabanın altında can verdiler. O korkunç gün, olacaklardan haberi varmışçasına hüzünlüydü Toby; yanımızdan kesinlikle ayrılmıyor, sürekli bizimle, bilhassa Robin'le temas halinde olmak istiyordu. Sanki ayrılık vaktinin geldiğini biliyor gibiydi.

O gün profesyonel bir fotoğrafçı olan kocamın yeni makinesi eline ulaşmıştı. Öyle hevesliydi ki sürekli fotoğraf çekiyordu. Yavrularımızın aramızda olduğu o son gün de Toby ve Robin'le birçok fotoğrafımızı çekmişti. İkisiyle de son fotoğraflarımız olduğunu bilmiyordum elbette. Hayatımın en acı gününde, hayatım boyunca çekilmediğim kadar çok fotoğraf çekilmiştim. Ne acı bir tesadüftü bu.

İşte o Şükran Günü, aslında ikimizin de hayatta olmak istemediği ama gerçeği birbirimizden özenle saklayıp güçlü gözükmeye çalıştığımız bir gün olacaktı.

Sırf âdettendir diye hindi hazırlıklarına koyuldum. Noel kapıdaydı ancak ne evi süslemek ne de çam ağacı almak istiyordum. Kocaman çoraplar ve hediyeler de olmayacaktı; hem Santa hediyelerini kimin için getirecekti ki?

Kocam kısa bir tatilin bize iyi geleceğini söylese de ben evden ayrılmak istemedim; yavrularımın ruhlarının bu bayramda bizimle, evimizde olmak isteyeceklerini hissediyordum. O yüzden bu teklifini reddettim. Yemek hazırlıklarında kendimi kaybetmek, hiçbir şey hatırlamamak istiyordum.

Hazırlıklara dalmışken telefonun sesiyle irkildim. Kocama seslendim ama bir türlü sesimi duyuramadığım için yağlı ellerimi gelişigüzel silip telefona koştum. Arayan yetimhane yetkilisi Bayan Miranda'ydı. Şaşkındım. Robin'i kaybettikten sonra taziye için aramıştı zaten. Tekrar aramasının sebebini merak etmiştim. Kısa bir süre havadan sudan konuştuktan sonra nihayet asıl konuya geldi.

"Bir çocuk getirildi yetimhaneye. Robin'le aynı kaderi paylaşan bir çocuk. Göçmen bir ailenin tek çocuğu. Anne babası bir yangında hayatlarını kaybetti. Biliyorum, daha acınız çok taze ama belki... Düşündüm de... Onu evlat edinmek ister misiniz?" dedi. Son derece çekingendi. Bense neye uğradığımı şaşırmıştım. Robin'in yerine kimseye koymayacaktım.

Sertçe, "Hayır!" deyip kestirip attım. Miranda'nın beni ikna etmesine fırsat vermeden telefonu yüzüne kapadım. Sarsılmıştım. Yemek hazırlıklarına allak bullak bir ruh haliyle devam ettim. Bu konuyu kapatmıştım; kocama bile bahsetmedim.

O gece yorgunluktan koltukta uyuyakalmışım. Rüyamda Robin hayattaydı, üst kattaki odasından bana sesleniyordu. Onun sesini duyunca kalkıp yukarı çıktım. Bir yanım sevinçle onu kucaklamak için can atıyor diğer yanımsa, *Robin öldü,* diyordu. Kalbim yerinden çıkacak gibiydi. Odasına girdiğimde yatağında sırtı dönük şekilde oturmuştu. Üzerinde ona son doğum gününde aldığım, dinozorlu eşofman vardı. Omzuna dokunduğumda dönüp bana baktı. İrkilip bir adım geriye sıçradım. Karşımdaki Robin değildi. Çocuk, "Benim annem olur musun?" dediği anda uyandım. Ter içindeydim. Bağıra çağıra ağlamaya başladım. Kocam üst kattaki yatak odasından koşarak inip yanıma geldi ve hiçbir şey sormadan sarıldı. Sabaha kadar başımda beklemiş olmalı; uyandığımda tekli koltukta iki büklüm halde uyuyakalmıştı.

Ertesi gün de aynı rüyayı gördüm ve uyanır uyanmaz Robin'in odasına koştum. Kapının koluna dokunduğumda ellerim titriyordu. Kapıyı açamadım. Sessizce aşağıya indim. Sabaha kadar verandada düşündüm.

Aynı rüyayı gördüğüm dördüncü gecenin sabahında şiş gözlerle verandada kahvemi yudumluyordum. Kocamın kalkmasını beklerken temiz havayı ciğerlerime çekiyor, söyleyeceklerimi toparlamaya çalışıyordum. Matthew nihayet uyandı ve yanıma geldi. Soran gözlerle bana bakıyordu. Günlerdir beni verandada şiş gözlerle görmekten bıkmış olmalıydı. "Benimle konuşmak istediğin bir şeyler var mı hayatım?" dedi.

Ona yetimhaneden gelen telefondan bahsettim. Sonra da rüyamı anlattım. "Demek beş gecedir aynı rüyayı görüyorsun. Belli ki Robin sana bir şeyler anlatmak istiyor," dedi. Gülümsüyordu ama gözlerinden yaşlar süzülüyordu. Birbirimize sarılıp ağladık.

Ertesi gün yetimhaneye gitmek üzere yola çıktık. Bayan Miranda ile görüşüp bahsettiği küçük çocukla tanışmak istediğimizi söyledik. Bunu duyduğuna çok sevindiği her halinden belli oluyordu. Bizden izin isteyip odadan çıktı. 15 dakika kadar sonra, elinden ürkekçe tutan bir erkek çocuğuyla kapıda belirdi. O, rüyamdaki çocuktu. Robin'in yatağında oturan, bana, "Annem olur musun?" diye soran çocuk işte şimdi kanlı canlı karşımda duruyordu.

Ne yaşadığımı çözmekte zorlanıyordum. Saçlarını okşayıp tek kelime etmeden onu izledim. Matthew da gülen gözlerle bu güzel çocuğa bakıyordu. Göz göze geldiğimizde anladım ki ikimiz de kararımızı vermiştik.

Evlat edinme işlemlerinin tamamlanması biraz zaman alacağı için o yılki kutlamayı yetimhanede yapmaya karar verdik. Mükemmel hazırlıklar yaptık, çeşit çeşit yemekler pişirdik. Çocuklar sevinçten deliye döndü. Her şey öyle güzeldi ki... Oğlumuz Percy de bize bu Şükran Günü organizasyonu vasıtasıyla biraz daha ısınmıştı. Harika bir bayram geçirdik.

İşlemler tamamlandıktan sonra Percy nihayet yeni evine yerleşti. Ona Robin'in odasını hazırladık. Evi, odasını çok beğendi. Çocukça bir heyecanla oyuncaklarla oynamaya daldı.

Robin'in boşluğu hiç dolmayacaktı, biliyorduk ama onun gibi kimsesiz bir başka çocuğu mutlu etmek için çabalamak hem bizim yaralarımızı hem de o küçük yavrunun yaralarını iyileştirecek ve bir melek olarak bu dünyadan göçen Robin'in ruhuna huzur verecekti.

Buna tüm kalbimizle inanıyorduk.

"Yaşam, bize bütün kitapların öğrettiğinden daha çoğunu öğretir; çünkü yaşam bize karşı direnir. İnsan, ancak engellerle karşılaşıp onları aşmaya çalıştıkça, kendini tanıyabilir." - Antoine de Saint Exupery